在時間裡，散步

walk

那些狂烈的安靜

目錄

運途 7

停在一無所有的浮標 41

人偶遊戲 75

彼端 111

一閃一閃亮晶晶 139

唯獨剩下安靜 167

禮物 203

特別收錄 245

陳夏民×陳育萱：安靜的背後，是微型且複雜的校園試煉

運途

周安淩永遠記得離開這所學校的那一天。

替她辦好離校手續的爸媽，停好車，從校門圍牆的榕樹群走過來。她兩手被牽著，進入車內，強冷的風口對著整個身體吹，腦門熱暈暈的，頭髮也濕得黏塌不動，手心仍不停滲出水氣。周安淩鼻尖的呼吸聲，咻滃咻滃，比冷氣運轉聲還大，宛如活生生想抽蕩出藏在體內的不明物。

濃黑的榕樹擰長枝條伸向車頂，隨風飄落的葉子飛割於窗玻璃上，留下無數細小刮痕。痕跡越來越密，窗景漸漸剩下葉縫閃現的殘影。此時待在車裡，她感覺自己是漂在水中的氣球，尤其她還繼續膨脹，繼續沉溺，而窗外太陽金針銳利的光線隨時能戳進眼球。迎向最強光束的同時就是反向被推進無邊的暗，一瞬間半盲的預感就快成為事實。

這時，車子微微震動，引擎瞬間帶動整個空間，置換最深的地洞。她感覺鼻息交換鼻息，她伸出鼠族般的細瘦四肢，就地飛馳。奔著奔著，地面蜷曲成一個圈。不明白怎麼會如此，可是她停不下四肢，快得比高速運轉的扇葉還快。

她是追風者，風一點都沒辦法阻止她，只能撈起軀幹，任她原地前進。

直到她意識到自己究竟身在何處。

自有記憶以來，周安淩便不太喜歡鏡子。

寶貝妳最可愛了，妳看這個公主頭，綁得很不錯吧？

媽媽每次替她綁髮，不單只是束好，而是費工夫調整位置，一下要她仰頭，過會兒又需要她左右擺頭，專注找出各角度看起來都順眼的角度。確認之後，梳妥齊眉瀏海，為長髮紮上綴有亮片或花瓣的繽紛髮圈。

裝盛髮圈的盒子裡團簇成春，栩栩若似剛自園圃葉梢摘下。髮飾姿態各異，每朵作工細膩優雅，半掩在髮雲間，特意要吸引眾人目光似的，一眼奪目。

比真花還好看。初次見面的人都這麼讚美。

周安淩聽見，便覺得自己也被讚美了，嘴角微微牽動。

她不知道媽媽去哪買來這麼多這麼美麗髮飾？凡是她問，媽媽下次就會捧出讓她更驚喜的。這次，在她眼前拿出標本似的一只，蟬翼纖毫的脆弱感讓它永遠看起來都是初見旭日，沒有風卻盈盈欲飛。彷彿掌心隨時都可能跟著揚起，揮入天堂。

不飛時，停等下來，她將它們送進洞中，令它們好好休息。

群花安歇，如蝶影飛纏的目光也不再。她掀起瀏海，右邊額角有一抹紅印，吃進膚色的珊瑚紅，它張牙蔓延至眉毛之上。放下頭髮，擱落簾幕，它是隱匿的衣角。精緻舒心的五官只要懾人眼球，笑容眉眼就能框住來者視線，吸引注意。如此，沒人會無故掀起她的瀏海。

為張翅欲來的蜂群蝶族準備的異色花團，媽媽收擺得格外齊整乾淨。

有時候，周安凌會以為，這代表著媽媽在她出生之際便決定了一種最優雅的安排。

轉學到這間名校小學時，周安凌即將升上五年級。

小四學期末，她跟死黨琪琪哭哭啼啼道別了好幾天，還是很捨不得。在這所小學，她早就愛上傍晚放學時玩木頭人或紅綠燈時奔馳的大片草地。因為家近，她能待到日光薄透，換上藍紫暗幕的時候才慢溜溜回家。

她甚至可以帶著粉圓趴在窗臺，遠遠俯瞰操場上的動靜。

粉圓是隻背上有三條線，灰溜溜的楓葉鼠。初次到家，沙發上的蛋堡兩耳輕豎，鼻頭皺吸，旋即發現異樣動靜。

寵物小箱內一陣騷動，粉圓瑟瑟躲進透明滾輪箱角落。伸出舌頭舔舔鼻子的蛋堡盯過來，蓬散橘毛隨著弓身豎起，向前拉伸。轉瞬，牠拋開肥滿體重限制，迅即跳上電視櫃矮架，一對綠眸居高臨下，定定鎖牢。周安凌伸手一叱，要蛋堡別靠過來。蛋堡抖動渾白觸鬚，深深的一道破折——她感應到牠似乎想同時撲向自己與粉圓。牠老是把她當作一座怎麼撞都不會受傷的玩具，柔軟，接納，再怎麼生氣她都還會張開雙臂抱起牠。

粉圓退縮如豆。客廳裡的一人一貓，形影弩張。

蛋堡，你再這樣我生、氣、了。

這可能是第一次蛋堡體會到小主人的怒氣，周安凌知道她必須。

開門聲響，周安輝拉開耳機，來到客廳，就這麼站在周安凌面前。

幹嘛？周安凌仰頭瞪著上高中以來，抽長到一百八十公分以上的哥哥，她眉毛一鎖，因為她實在不怎麼喜歡他那對瞳孔偏淺的雙眼。

蛋堡，這是什麼？周安輝只轉頭撫摸蛋堡頸背處，把牠搔得呼嚕嚕叫，趴下享受撫觸，暫或忘了狩獵本能引發的衝動。

周安淩不想加入，索性移身把籠子放好，蹲在落地窗旁安撫粉圓。粉圓是琪琪家中那對鼠寶生的一窩小鼠其中之一，琪琪家什麼都養，三隻狗兩隻貓還有一對鼠，聽說更早之前還飼過鸚鵡，因此每回去她家，整棟透天厝包含植栽庭院永遠生機勃勃，隨時隨地發生的奔跑蹲臥打滾翻鬧嗷叫，沸騰在空氣裡，令她忙亂也特別快樂。

因此當琪琪隻手撈起楓葉鼠時，周安淩記得米豆大小的黑眼還沒睜開，粉色腳掌弱弱空抓，宛如想在初入世界之際為空氣上色。軟綿綿的色調就鋪捲在泥灰線條外，她伸出手，那腳掌微微吸住了她指尖的一點皮膚。那時，彷彿有個確定的，實握在心底的聲音，替她決定了。

好，我要養。

真的嗎？妳爸媽同意嗎？還有，妳哥不是養了一隻貓，妳再養隻寵物可以嗎？

為什麼不同意，那隻貓只親近我哥好嗎，而且他養了之後害我老是過敏。

妳對老鼠不會過敏嗎？捲髮琪琪躲開拉不拉多犬的舔襲。

就算會我也想要養，妳看粉圓多可愛。

那妳要盡量小心，不要讓蛋堡逮到機會跟粉圓獨處。

周安淩在還沒告知爸媽前就下了決定，要把這隻比她手掌還小，雙眼對世界迷迷濛濛的小生命帶回家養。

她做到了。爸爸沒有她預期中的不悅，反倒媽媽語氣急躁起來，要她想想，搬家轉學後怎麼辦。

搬家轉學？

老是梳抓飛焰造型的周安輝埋首在電玩裡，老神在在。

周安凌這才明白，她是整個家最晚知道的人。簡短說明警察職務調任須遷至新單位新住處的爸爸，神情像是將樂園大門拉上一半，撤場關園的消息已先傳給其他遊客，而她還傻排著隊，興奮等待下一批輪到自己的遊樂設施。

修長樹影整批在斜陽映照下悠閒款擺，對於周安凌來說，跟班上同學比吊單槓等同刺激的海盜船飛行，操場草地上手拉手瘋狂旋轉的咖啡杯底有埋伏的乾燥香氣。最適合假裝跳房子的空地當作摩天輪一隅。

踏在紅泥地和擁抱刺膚草莖是她的習慣，腳底沾上的氣味是再怎麼洗澡也不可能洗去的。

她曾日日帶著這些氣味進入夢鄉。

所以這些都不會出現了嗎？

轉學消息讓周安凌在床上翻覆不休。瞄著籠子裡的粉圓也沒睡，站上滾輪，莫名狂奔好幾圈。

四周澈底靜了的時刻，小巧透明的滾輪時動時停，就在黑暗中速成一道問號。她輕輕拾起沒辦法再遞給其他人的問號，輕輕藏在永不復返的十歲。

過了暑假，她確實是個五年級的學生了。

第一眼見到班導沈舟山老師時，他站在講臺，工整寫下名字及班規。抵達教室前，周安凌站在這所小學的圍牆外，瞠目於斗大廣告布條占據了中庭牆面。每項比賽或活動前均有個「賀」字，眾多舉著獎牌獎盃的合影人臉露出規整笑容。日光穿透椰影灑在複印的臉龐上，出現金屬特有的平滑光澤。周安凌不知何以擔心起瀏海下躲匿的晦紅暗印。

邁步走進，校內挺直樹種交錯於聳立的建築群，轉角處處，在還不熟校園空間指示牌時，即將供她暫度兩年的校園猶如迷宮。

決定自己摸索。

她看到二樓的四年級教室班牌，決定拾級而上，抵達三樓發現該層都是特殊教室，才又登上四樓。等她找到正確的班牌五年十二班時，套著新制服的身體早已汗濕。報告。

看上去身高只比她高一個頭，格子襯衫，黑框眼鏡的沈老師，投來銳利精光像能叼住她後頸，使她猶豫後縮，縮去合身制服的寬度，小到能從衣袖跑走。

進來吧，周安凌，妳來跟大家自我介紹。

面對陌生眼色齊盯過來，她可不怕。只是剛才花了不少時間找教室，腦袋混亂。況且她的心思還盤旋在上個月，剛過立秋就忙於打包的狀態。家中所有盆架書櫃全拆卸乾淨，又角落都傳出箱子和忙著封箱的聲音。刷——銳利果決封上一端，又嘶地扯落。此起彼落形成節奏，將舒緩悠長的時光斷裂開來。箱子裡裝的全是讓她享受天真自由的事物，雖然只需塵封一時，可她明白，華麗自由的事物一旦裝進箱子，氣味就不同了。

蛋堡和粉圓各自待在籠子裡，愛在家中搗亂的蛋堡，只垂放著鬍鬚一聲不響，似乎對安靜咀嚼飼料的粉圓失去抓捕逗弄的興趣。

周安淩知道現在的自己跟蛋堡沒兩樣。

深吸口氣，努力定神。

我是周安淩，喜歡動物，玩遊戲，還有運動。我家有一隻貓，最近我也領養一隻小鼠。如果有誰喜歡動物，可以來找我聊天。

說完這些，周安淩微笑環顧，新同學們給了象徵性的鼓掌後，一張張臉又紛紛埋向習題簿。

好了，聽完新同學介紹，以後大家要好好相處。周安淩同學妳可以回座位了。

沈舟山老師並沒有如她預期般以微笑歡迎，他手指向一個離講桌頗近的座位，讓她入座。

那我們翻開數習第二單元，現在開始，計時十分鐘，等會兒會請同學上臺演算。

周安淩還沒反應過來，空氣中裸響的沙沙聲便開始刮著她的耳膜。她捏著筆，將專注力挪到題號一，全然陌生的單元。旋身一看，沒有人回視她，他們目光全在虛渺緊迫的分秒上，速度之快，使她以為他們沒專心讀題。

可是，一一傳喚的同學寫在黑板的運算，幾乎全部正確。

為什麼？

她突然感到恐怖。

手心沁出濕潤，讓她險些握不穩筆。她傾前，再握緊，集中精神看著題目，一面下意識描摹數字，想藉機窺探洞穿點什麼。什麼都沒有。她開始重複地越寫越快，不停向前寫著，筆跡蟻密，一隻續一隻，想著數字兀自舉起蟻鬚交換訊息，好像就能脫離抄寫數字的藩籬，忽然獲得解題能力。

第一次月考結束，周安凌早早等在信箱旁攔截郵件。

她知道自己的名次，所以不想讓爸爸知道。哥哥成績自小傑出，不用補習，名次永遠能維持前三。她成績中等，至少在上一所小學是這樣的。只是，成為非她所願的轉學生後，新學校第一次正式考試成績卻栽了跟斗。

爸媽若比她先接到成績單會怎麼樣？她不知道。所以，火急趕回。

她盯著泛著冷光的不銹鋼郵箱，直到打瞌睡的保全醒來，問她是誰，怎麼站在這？

我是新住戶，住在A棟八樓。

保全狐疑打量她，周安凌恨不得立刻搭電梯上樓，可想想還是問了。

這裡的信件都何時送來啊？她自認語氣自然。

她感覺保全大哥突然拿開戒備，眼神散漫地盯著監視器。

下午三點吧，妳要找什麼？掛號信？

慌忙搖頭後，她躲進電梯。在電梯的鏡內，理理儀容，在三面鑑照下，自眉心到後腦，一切整齊不亂。爸爸最在意的，她都穩妥處理好。

鑰匙轉動開了門，迎向她的不是想像中爸媽的嚴厲目光。令她驚訝的是，蛋堡伸長前軀到極限，那對玻璃珠子定睛不動地守著粉色透明箱。牠一擺肥潤慵懶氣息，竄動的長尾暗示隨時都可能疾躍而上。

粉圓！

一步上前，她拍了蛋堡的屁股，換得牠喵吼一聲，隔空給她嫌惡的一爪。

小鼠倒是氣定神閒地捉著飼料啃食，搞得一切只是她的大驚小怪。她湊近，捧出粉圓。吃到一半被騷擾的粉圓輕輕嚙住她，周安凌一痛鬆了手，粉圓落地，恰好就在悠閒梳整的蛋堡前。

第一次貓鼠之間沒隔著籠子，蛋堡假裝好整以暇，實則低伏身軀準備衝出。

這回，周安凌假意不理粉圓。

她就坐在牠們之間。

肉墊的後座力瞬間啟動，肥軟貓身度頓時化作戰士。牠前爪按住正準備溜去牆角的絨毛灰背。三條明顯的黑灰色全都在蛋堡的掌握中，粉圓的嬰哭討饒聲讓周安凌立刻出手撥開蛋堡的下一步。

太心急的力道讓乍然撞見的周安輝怒意衝天。

妳幹什麼打蛋堡？

牠差點要弄死粉圓了。她心疼撈握在掌心，暗自責怪自己第一時間的賭氣疏忽。來回仔細檢查的同時，她心生不滿，勾起往事，之前牠就嚇過粉圓，你又不是不知道。

對，我什麼都知道，都了解。我看，是不是也包含妳的成績單？

抱著蛋堡悉心撫摸的那雙手，其中一隻正拿著她想攔截的成績單。還我。你幹嘛拿我的東西？

還我。你幹嘛拿我的東西。周安輝故意扭捏學了她的語調，讓周安凌積累已久的擔憂化作急淚。

吵什麼，現在才幾點，讓我補個眠都不行嗎？

一臉不悅的爸爸走出，氣色不好，顯然是剛輪過夜班。

爸，你不是前幾天在問妹的成績單嗎，在這。瞬間，周安凌真想把粉圓放進周安輝的衣領裡，讓他遭一頓咬。

成績通知單揭開後，周安凌站在背面，她完全能預想爸爸將要說些什麼。分數從泗在暗處到浮現凸透，前來觀看的人，被驅趕到每個落後的數字前，放大了看。

妳怎麼回事？讓妳去讀這間小學，妳知道我們費了多少力氣……

又不是我自己想去讀的。她撇嘴得緊，好忍住淚。

周安凌妳有沒有搞錯，以前是讓妳自由一點，妳看，一轉學到要求比較嚴格的學校，妳的表現就落後這麼多。都怪妳媽，該要盯緊妳的課業，結果都沒有。

拓開怒意的爸爸狂哮，臉上倦怠濃稠的線條隨著轟聲隆隆的發洩，益發下耷。周安凌注意到她哥痞樣隨興地抱著趴軟的蛋堡，神色自若，瞥過來的眼神除了假正經，再無其他。

安輝，你妹的功課，有空也得教她，別只是玩貓。

終於聽到爸爸輕斥哥哥，周安凌稍稍放鬆嘴唇。要想哥哥被罵，除非破天荒大事，不然從小哥哥捉弄欺負她也被當作小事。

特別是爸爸一沒耐心，就會要她立刻閉嘴，別哭。

她可不是愛哭鬼。

站在房間穿衣鏡前，她撩起頭髮擦乳液，屈伏在暗處屬於她的印記從未消失。她可以為此而哭，可是她從來沒有。

打開放在小几上的籠子，粉圓還不肯出籠來跟她玩。也難怪，今天被貓嚇得半死。她拿出那包瓜子穀類製成的點心，探入籠子。果然，不久粉圓窸窣轉身，湊近猛嗅，立刻搬進嘴裡大嚼。

粉圓專注進食的眼神什麼也沒想，吃完了只又仰頭看著她。吃東西時的小鼠這麼可愛，這是她認養牠之前想像不到的。對照自己在餐桌吃飯，從來不曾這麼專心渴望地吃，老是端著碗邊吃邊想說點什麼。

或許以前只是太習慣讓說話填滿相處時常有的空白。

爸爸疼哥哥是不爭的事實，而常常陪在身邊的媽媽為她紮起的每一束花瓣髮圈越精緻，累積的越多，她時而會聯想起它們是記號，放在她身畔，充當快樂的點數。繁麗仙氣筆筆落在她身上，唯獨她擁有的胎記。

粉圓的身體映入鏡內，牠不知何時爬到床沿，向她走近。她攤開掌心，允牠湊近自己的臉。圓溜溜搖著小尾巴的身體，在掌心繞啊繞地，最終跟她一起看向鏡子。

咦了一聲，她把粉圓擱在額旁。

鼠身側面凹凸線條，斜睨著像攀在她眉上的印子。

她微笑著覷向粉圓，這是你弄的嗎？在我臉上偷睡覺。

莫名其妙貼近讓粉圓吱了一聲，牠眼中大概以為自己被主人齜牙威嚇了。

她安撫著放牠回籠。

腦海迴盪爸爸在她關門回房前那番必須進步十名，不然就要送走寵物鼠的話。

周安淩躺著大字煩惱著，未曾想，其他事的到來，將比煩惱成績更具龐大的破壞力。

數月過去，沈老師出的數學習題越來越多，周安淩也留得越來越晚。滯留教室時，每每聽到有人靠攏椅子，發出咿歪雜音，她的精神便逃逸了一點。到最後，所剩不多的專注度，使她考慮雞兔同籠的應用題時，連雞跟兔有幾隻腳也能搞混。

站在辦公桌前，眼看決定最後一題對錯的大權來到沈老師面前，他支著額，皺眉揾了幾下嘴角，抬頭問道，這題怎可能算錯？

辦公室外的天光甩上布簾般晦去，堆滿考卷的櫃上灰塵飄揚於空中，使她鼻腔哆嗦。還沒回答，她就先打了個噴嚏。自來到鋼筋捆豎成聚落的這座校園，她時不時能見到微小的顆粒颼風在玻璃和水泥間碰撞打轉。

她小心翼翼吸氣，避免吸入過多空氣。報告老師，我不知道。

沈老師隨手把嘴唇上的死皮咬掉，嘴唇坦出腥熱燥紅。

周安淩，妳爸媽用盡心思……。呃，這麼說好了，妳既然轉學到我的班，就說明妳的爸媽很重視妳所受的教育。來，老師讓妳看看，以前學長姊國小畢業後，都考上什麼學校，妳可以翻翻看。

沈老師攤開半點塵埃不沾的資料夾，第一頁就載滿了〇〇私中的註記。

後面還有，妳可以繼續翻。

周安淩指甲邊沿掐緊，順從地一頁頁翻開來。

名字之後除了沾黏私中校名，接下來還有高中校名。她猜想是不是還記錄著大學？

確實緊緊牢黏，影子一般跟在姓名後。她不認識這些人，看著他們的名字被人以標籤形式硬化成扁平線條，完全不羨慕。

不過沈老師倚在旋轉椅似窺未窺的神情，明顯暗示翻過這一頁，領悟會加持在她身上。

這樣妳了解老師的意思？

當周安淩結束最後一頁，闔上黃色塑膠資料夾時，指緣早就用力過度而泛白。她點頭。她牽就在乖馴的模子裡，用細微的擺動來擺脫站在辦公室的處境。

好了，那妳可以走了。

沈老師掂著她的數學習作簿，拿下眼鏡揉揉眼，此刻天光已全滅。

她側著身鑽進參考書崎嶇歪斜拱出的走道，沈老師站起叫住她。

周安淩，自己養的寵物別帶來學校。妳座位附近的同學都跟著分心了，聽到沒有？

偌大無人的空間內，錶面掛著秒秒趨近六點的時針分針。

她匆忙應了聲，喔好，一腳岔入不停向晚推進的時間分格裡。

密閉窗景外，照常是午睡半醒時乍見的灰靄。風大，卻絲毫吹不動這抹色調，這對於習慣中部平和日光的她來說，很容易感到睏倦。尤其穿上一身明亮裙裝和髮飾出門，色澤仍會微妙地黯淡下來。周安凌知道這純粹是奇怪的無稽之談，不過她習慣去撢撢衣服，而需要向光的花瓣髮圈，用嘴唇輕輕吹過，才將它收好放回。

隨著冬季而匍匐到來的年節，全家也換上新衣。從爸媽那兒領了紅包後，周安輝難得沒留在餐桌太久，很快鑽回自己房間。

準備學測的考生果然不同。周安凌內心默想，就連蛋堡也不鬧事，盡在高臺處睡覺。

爸爸的新單位忙碌依舊，媽媽的插畫工作如常順利。

粉圓開始趁著四下無人時，溜出籠子，在冰涼的磁磚地板爬行。她自然而然肩負起替粉圓盯著貓的任務。

新的居所，新的城市裡，這些速度不一卻又同時運行的事，慢慢讓周安凌不似剛轉學時那麼厭惡了，就連琪琪打電話來，她也沒像之前那麼容易既難過又瑣碎地講上幾個小時。她習慣起電梯公寓的便利，還有點期待新學期的成績會不會逐漸爬升。

大概真的有什麼改變了她。

新學校的開學可能變得沒那麼討厭了。

度過一學期，周安凌在班上還沒交到如同琪琪那樣的好友。

比較常說話的 Abby 和安努和她還算有共通話題，數學練習題和各自養的寵物。不過，新學期她們都被安排到其他位置去。沈老師在投影幕上秀出新的座位表，班上前五名和倒數五名互相配成一組，扣除她，這就是沈老師安排的九大行星。

新座位落定，負責幫她檢查習作的是她從未交談過的風紀股長，鄭新。

早自習時間，鄭新的臉會特別臭，他坐在講桌前，雙眼隨時逡巡臺下動靜。午休時，他雖然也能趴著睡，可是一旦發現抬起頭來東張西望或藉機竊竊私語的同學，黑板上記下的座號一個沒少。幾次，她差點也要成為他登記打小報告的對象，還好她刻意放慢呼吸，自造鼾聲。

熟練裝睡後，她留意到他登記完座號回來趴睡時，格外小心翼翼輕貼，看來很寶貝他的髮型。她沒敢告訴他，其實他的髮型有點像沈老師，都是花力氣整理，看起來彆扭可笑的類型。

所以，從他手上接回紅字一堆的習作簿，她半聲不吭，靜靜聽他交代的作業檢討。

這題到那題，以前不是都做過嗎？妳重新讀第一單元，再寫一次，老師要看。

周安凌用橡皮慢吞吞擦去算式，她曉得戴著厚鏡片的鄭新還在盯著她，故意蚊蚋聲說，煩死了。

這九大行星的座位布局實施以來，不只是她跟鄭新常常在吵架邊緣，周圍幾組也差不多。

鄭新還沒來得及回話，後座的班長林雅雯就忍不住抱怨，語氣明顯不滿。黃子軒不甘示弱，嗆說要報告沈老師。

說什麼說。林雅雯的語氣直挺挺。

說妳違反班規，偷帶輕小說來看。黃子軒手上晃著一本唯美封面的小冊。

我哪有，那不是我的。

妳還說沒有，這明明就在妳抽屜，妳每節下課都在看，上課也會偷看，妳這樣還當班長？

你不要只說我，周安凌還不是違規。

停下手中橡皮擦，周安凌愣望著林雅雯。她眼神掃過Abby和安努，示意她們。她們卻沒表示，倒是不停瞄窗外。

沈老師。

周安凌都還沒機會搞定自己的困惑，這學期一開始，她就覺得沈老師有些不一樣，步伐格外沉重，爬樓梯時走在老師身後就能感受到每道邁步瞬間只是勉強把身體歪掉的重心勉強撐回來。下樓梯，則像藉著跺地來掩蓋發洩。沈老師整個人胖了，臉的中心竟彷彿被拗凹下陷，為了不繼續縮硬下去，眼神迸出的神色是藏著不想對他們說的碎片，不經意就能割傷來人。

進入教室的沈老師，眼神渙散，嘴巴斥吼的架式仍然震懾力十足。連互相提醒老師來了的暗號都不必，所有人的動作都僵在當下。附近教室上課的笑鬧聲這時突然湧進他們班，操場上玩球的喧雜聲持續震動著向陽那排窗戶。

周安凌未曾感受過，她只能以眼球緩緩轉動以遏止內心波動。即使沈老師下一秒揮落講臺上的粉筆和麥克風，也不奇怪。

林雅雯和黃子軒保持站立，鄭新先被叫起來。

風紀股長，剛剛的教室秩序，你覺得怎麼樣？

不……不太好。我想說已經上課了，老師一向都很準時……所以……

沈老師拿下鏡框，擦了擦。

鄭新費心抓的瀏海一綹遮住他眼睛，還不敢動作。

坐下。

沈老師轉向班長。

班長，我在走廊上跟其他老師都聽到妳的聲音了，妳在吵架？跟誰？

脹紅臉的林雅雯，眼眶濕潤有光，平常她比鄭新更會私下告狀，這會卻支吾咬唇，而身上的蕾絲洋裝卻抓得起皺了。

老師。黃子軒突然舉手。老師，都是周安凌又違反規定帶她的寵物來。

原先覺得再怎樣風暴都不會到來的周安凌怵然一嚇，腳邊的騷動聲是粉圓正在滾動牠的輪子。牠爬得那樣快，在靜闃一片的此時，坐得近的同學可能都聽見微細的框啷作響。牠原地奔跑，自由得很，牠沒想到在永續不斷的路線之外，有三十多雙眼睛，瞬間凝視著牠。

未待沈老師開口，她當機立斷道歉。

老師對不起，我現在就帶粉圓到教室外。

她低頭準備，沈老師踱步走向她，她正穿越座位之際，留意到老師並沒穿平時的皮鞋，涼鞋下的腳趾包紮著，像是受了什麼古怪的傷。

不用麻煩。

他沒同意她，而是逕自走到臺前，要大家都坐下，閉上眼睛。

現在每個同學都仔細想一想，之前老師說過什麼，跟課程無關的東西帶來學校，老師說該怎麼處理？

語速緩慢，精確，挑起大家明知故問的記憶時，特意緩頓，彷彿暗示他準備寬宥一切。

通知家長。

有人小聲說。

還有呢？

丟掉。

嗯哼。具體一點。

就，漫畫跟輕小說就要在全班面前撕掉。

那其它呢，再想想，老師真的沒說過嗎？

寵物帶來的話，就……

就怎麼處理？

就把牠丟進生態池餵魚。

嗯，答案很接近喔。好了好了，大家睜開眼睛。

沈老師拍了幾下手。

周安凌卻不想睜開眼睛，她以為聽錯了。這是她領養來的寵物鼠，就算違反規定帶來學校，那又關粉圓什麼事。蓄積在體內的憤怒，卻又畏懼著沈老師真會這麼做。

大家有聽到就好，老師在這邊要再三強調，你們來學校的目的就是好好讀書。以後再讓老師看到這種情況，全班都給我去跳水池。

黃子軒噗哧一聲，其他人發出嘖聲看向他，然而，沈老師沒繼續疾言厲色，反倒若無其事地在黑板上開始數學解題。

低頭反覆看了好幾次粉圓，周安凌發現 Abby 和安努的臉色也不是很好看。斜瞥林雅雯，她臉色恢復正常，只有凌亂馬尾還留著方才快哭出來的徵兆。

九大行星各自轉著不尋常的圈速，速度快的漸漸怠速，速度慢的宛如抓到契機，開始猛衝。

耳際沙沙速寫的數字不停兜轉，周安凌很懷疑大家真的能全神貫注地解題嗎？

她沒想到，這節下課沈老師會攔住她。

再度進到辦公室時，沈老師要她在他座位邊等一下。

他走到辦公室電話機旁，撥了一串號碼，低聲向話筒叨叨。過程中，他數度點頭，一邊朝嘴裡塞了幾塊零食。沈老師看來飢餓又狼狽，不過隔了這麼遠的雙眼依舊有意無意盯著她。

周安凌以為是自己看起來有什麼不對勁，忙用手撥了瀏海。

不久，沈老師招手要她過去。那日的辦公室比平日來得熱鬧，擦肩而過時，她耳朵自動捕捉到交談對話摩擦出的嗡嗡聲。

嗡嗡不是真的嗡嗡，無數對話交錯在空氣中，字義零星溢落到她耳中。本來能聽懂的語句，僅算得上是白噪音。可能是周安凌內心過於惦掛粉圓的安危，牠平常發出的吱吱——啾啾——嘶嘶——，現在空自回想，她都避免把它想成只有她才懂的暗碼。

走回她身邊的沈老師，清了清沙啞的喉嚨，對她說剛才已經通知了家長。

她自覺應該說一聲「喔」，或更禮貌一點「老師我下次不會再犯」，然而周安凌一想到爸爸可能的反應，她就只想一鼓作氣逃出辦公室。

對了。在椅上轉動身影的沈老師叫住她的聲線益發暗啞。

剛才教室裡同學應該是開玩笑的，妳不用太在意。

她聽得出喉嚨緊縮後的聲音傳送一抹意志，執行壞毀的預感。

回教室路上，繞過生態池，特意看了眼。綠藻腥臭的池水平靜無波，她凝視僅有幾片浮萍點綴的綠湖，其厚重至窒息的表面沒有絲毫奇怪動靜。她抓起樹枝，左腿屈膝，右腿前伸，彎扭地宛若試探水溫。

四周已因初春隱伏盛放預感的杜鵑花，一小落美艷，一小落純淨。

扭著頭，以怪奇的姿勢任由花訊撲進眼簾，待了十多分鐘後，直至枯枝上滴滑濃稠綠意，這才說服自己，應該真的只是同學間開玩笑。

蹴著小步，爬上階梯，每層樓梯平面處都能旋轉著遠眺操場。生態池，杜鵑花和老榕群是校園內唯一飽蘊自然殘影的景觀，說不上美，充其量只是點綴。

來到教室那層，她腳步輕快地進教室，卻什麼人也沒見到。正狐疑著，提起腳邊鼠籠，發現重量不對。

籠內空空如也。

竄升到腦門的不祥爭先蠕動，然教室空無一人，對齊擺放的桌椅彷彿無人來過。放學尖峰時間已過，降噪的校園成為一只巨袋，所有事跌縮到底部，紊亂安靜地塌堆成另一副模樣。

怎麼辦？

追出教室，周安凌不曉得該追向誰。

一定有人偷走她的粉圓。她想起滯留在辦公室的身影，迅即跑去。眼前辦公室已上鎖，她試著側耳傾聽，什麼也沒發現。接著，折返到生態池一帶，順道巡視附近幾棟教室。感覺不到自己跑了多久，蟄伏在意識中心的猛烈念頭是找到粉圓，必須把牠帶回家。

另一個念頭是，別找了。牠可能真的發生什麼事，別找了。

這兩種執念互相對抗，周安凌旋即快跑向前，下一段放棄的旋律又使她慌慢了步伐。

她跑在自己的獨行道上，扯動所有關節，全力朝視線認為的前方行進。

就趴在圍牆上的幾個同學看來，這轉學生笨得可以。可是他們什麼都不說，他們早就決定好要這麼做。而且，這麼做的藉口任誰都猜得出，為了督促同學，這是被認可的行為。光是這一點，確實他們就是從三年級就待在沈老師班上的元老。

他們不過是做了身為同學該做的事。

他們在暗處圍觀的同時，周安凌的折返跑漸漸慢了下來。她雙手支膝，又直起抓住腦袋，意圖掐出點什麼似的，綁得好好的頭髮頓時搓得亂七八糟。

凌亂髮絲擠掉髮圈，淚與汗掛在一張臉上，在校內亮起的死白照明燈下，泥濘而毫無生氣。腫泡的眼皮持續發酵，不怕死的蛾類次次撞擊燈管。

吱岔——吱呲吱呲岔——

突然間，眼前閃落一物讓她尖叫。蹲低一看，那只是顆石頭。

她觸及灰調渾圓的白石頭，抬眼像是想到了什麼。

成排榕樹矗立的暗處，她還沒細找過。那裡有幾盆格格不入的植栽屯在角落，平時幾乎不會有學生走動。

不顧暗幽前去，果然印象沒錯，放了卵石的那盆還在。它已無半點綠意生長，徒留小石子與空盆。周安淩捏著手中圓石，趨近繪著四君子圖騰的花盆。

拿出手機打光，烏暗裡，硬撇出碩亮光束，照見盆子中央有一墳起。

周安淩沒有喊出聲。

她放下手機，雙手將一個一個如粉圓幼時大小的石頭搬開。不一會，粉圓靜祥如睡的三條背紋完整地出現。她以為指尖扒的是土，卻掘出下午還活得好好的生命，把牠自死亡幽谷帶回光明。

掌心中躺著的粉圓，略開著嘴，可她無法感應到絲毫呼吸起伏，粉圓看起來澈底失去彈性，僵硬帶來的異物感，讓牠宛如卵石。

比石頭還硬。她反覆摸著牠，梳理著身體微毫細毛。直到自然了點，她捧著牠起身，臉頰依偎著牠，就跟平時一樣。

直到她走出校園，圍牆旁那對眼睛依然不能放開視線，那隻已被他們悶死的鼠，轉印成她額上沒有同學看過的印記。就這麼一眨，周安淩手上的老鼠不見蹤跡，他們瞇藏視線偷窺發現的，芒銳眼神直直注視眼前的街道，四散亂髮間，印子看著愈來愈紅潤。

紅似海中流血的珊瑚。

紅似鼠身掙扎時受到刹那一擊後，牠唯一會令他們不安的液體。

那夜之後，扭入初夏的時序降臨。

周安淩如常上學，沈老師宣布前五名的同學不必再監督最後倒數幾名的同學，座位不再有任何標籤，所以她才有機會選了最後面靠窗的位置。

林雅雯和黃子軒一遇到有機會跟她同組，馬上拒絕。鄭新還是執行風紀任務，只是放鬆了許多，同學睡不睡覺好像不再是鄭新劃記座號的重點。

強迫組合成軍的團體一夕解散，那些愛挑錯找碴的幾個人都沒有動作，甚至等同習慣了這一切，提不起勁來尖酸。臉龐上細微飄浮的謹慎恐懼，厭惡懊惱全都自動修得平滑亮面。

塑膠般坐在教室的臉，對著黑板。

一日兩日七日。

七天後，那雙包紮過的腳趾便沒有出現在面前。

接替沈老師站在講臺上的老師說，他會暫代一陣子的課，雖是第一次見面，不過不少人應會在校內見過他。他鼻樑上是貨真價實的老花眼鏡，皮鞋穿得摺痕處處，他解釋數學習題慢條斯理，周安凌反而感到安心，在粉筆痕跡逐漸寫上，粉塵輕柔滑落的時間裡，她有機會消化數字背後難解的部分。讀書對她來說不是讀書，也必須小心不被書中抽象虛無的概念逮著。如果很容易逮住她，她就得親見植入她腦中的一切。

幸好有些事她天生就會抗拒。

這種，或是一般人會跟爸媽說的，比祕密更巨大，一個人沒辦法長時間躲開的部分。

她確實當天就該說個明白，若她說得清楚，她就會把粉圓帶回家了。

原先打算捧著回家的那夜，折返，她摸黑回校園，溜進大門旁的小縫，來到榕樹群影蔭深處，小心翼翼蹲低，低到她能夠把全然變硬的粉圓放在土地上。根鬚茂盛的榕樹緊緊抓牢土壤，指甲抓地，刨到指縫填不進土時，淺淺一坑才現前。讓粉圓平躺，將土覆上，牠便一吋一吋染上土的顏色，直到形成一道小丘，一脈榕樹突起的根筋。

手機螢幕亮起，顯示來電是琪琪。周安淩盯了幾秒，本已稍停的淚水這下才扯掉閘門，嘩啦傾瀉，淚水都似有毒的水銀，不斷從她身上唯一能反光照見的洞口洩出。

回到家關上門前，周安淩知道媽媽早就在客廳看見自己的模樣，然而媽媽什麼都沒問。

睡不著的深夜，她聽見蛋堡在門口喵嗚。開了門，牠跳上床來蹭著她的腳。牠的額頭把她的小腿當作搔癢目標，來回輕撞又轉動。

微細殘留在毛細孔上的土，就這麼被清理乾淨了。

車子上了高速公路，前座的爸媽沒說什麼，只是盯著前方左右閃退的建築。

駛離那所校園好一陣子之後，周安淩沒來由想吸吸鼻子，緩解胸口湧上的情緒。可能是車速過快，她感覺有點頭重腳輕。

爸、媽，我們去哪？

妳爸又要調單位了。妳放心，這次是我們一起商量決定的。

媽媽轉頭，眉間不知何時皺摺變得好明顯，這讓周安凌一秒聯想到好幾個詞，都是她不忍心說出的。看來有點疲倦過了頭的媽媽，嘴角反而上揚。

妳別擔心，六年級的學校跟老師，妳爸這次打聽好了，保證妳會到一位很好的老師班上。

爸爸握著方向盤略略點頭。

猝然，一道猛力煞車讓車身晃震。忍不住驚呼，周安凌前傾撞到前座。屈身撞擊讓她額頭和肩膀瞬間受到拉扯，她撫著額頭想起身，眼角捕捉到一抹白色。

睜大眼睛，前座地板上那抹白，她不會認錯。

真的嗎？

她把上半身極盡可能地伸長，眼球虛擬著那一小塊白色毛皮的全貌——一顆如那夜所見的白淨卵石，低調浮現出那不容忽視的三條虛線。

停在一無所有的浮標

1

午夜藍逐漸被時間刮除，待青黛色浮現時，就是朱冠群起床的時間。他通常會先擦擦口水，再揉開眼睛，踢走棉被，摸著黑去廁所洗臉。走進廁所，他的瞌睡蟲就會走掉一半。廁所上方破了很久的窗戶，一旦變天，不留情的冷風就會灌進來。冷風吹在潑了冷水的臉頰上，他邊哆嗦邊小便，隨便動幾下牙刷，出發了。

家門外，林永安和江俊昇早就在發財車內等他。

「怎麼那麼久。」江俊昇抱怨，林永安也催促他。

「不是約四點？」一上車朱冠群就聞到濃濃蠻牛味。

「誰跟你四點，師傅是說我們四點就要到那邊啦，恁悾悾。」江俊昇油門一踩，發財車車身抖到跟漩尿沒兩樣，喘吁吁噴出黑煙。

朱冠群坐在兩個座位間，胯下那支換檔的桿子弄得他坐立難安，就跟家中鋪在床上的竹蓆一樣，凸出竹片，隨時都能刮傷人。不光是竹蓆，朱冠群更想找時間修理廁所的窗，漏水的客廳。他滿腦子都是蹬上A字梯後，該怎麼在屋頂換個合用的鐵皮。他沒有空壓機，沒有除鏽設備，林永安跟江俊昇也沒有。重點是他懼高。懼高這件事絕對不能讓他們兩個知道，朱冠群搔了搔頭，林永安怪叫起來。

「欸幹，你沒洗頭喔？」

朱冠群躲開林永安靠得很近的鼻尖，給他一掌。

「到了還不下車？師傅都來了。」朱冠群動作很快，三兩步站在發財車停靠的農舍旁。

朱冠群口中的師傅陳立是這一帶有名的老前輩，比他們大十多歲。個子偏矮的他已全副武裝，師傅對工作要求嚴格，特別是安全。他們三人見狀抓緊時間，該上的口罩帽子全數備齊，放在脖子的毛巾用來遮陽。陳立示意林永安先去車上調農藥，指揮朱冠群去拉管，江俊昇負責收管。這樣的工作分配能讓四個人合作無間，一整天噴灑完六、七甲農地沒問題。一路工作到傍晚，師傅跟地主結算金額的畫面是朱冠群百看不厭的一幕。濕透又半乾的身軀和躲不掉的農藥臭味都無所謂，只要能捏著沾上手汗的鈔票，他就覺得這一天沒白活。

這工作是江俊昇介紹的，也是他負責開車來載。一大早嘴裡抱怨不停是他的習慣，不過還是日日準時報到。他爸人在中國，早年賺了不少，只不過逍遙沒幾年，包二奶的事情被他媽發現，立刻簽字離婚。那年他爸問江俊昇打算怎麼辦，江俊昇嗆聲說，當然是外遇的人要負責養他長大。

「說是這樣說，他還不是沒在管？」江俊昇時不時語帶不屑地說著他老爸。

「至少給你一臺車嘛！」林永安用屁股蹬蹬座位。

「這算啥漚古車，至少恁爸的身價嘛愛賓士好否，賓士。」江俊昇一說完，朱冠群就笑出來，噴了一口可樂。

「會生狗蟻啦，吼！」

「按呢恁就會使換一臺賓士。」朱冠群脫下上衣作勢要擦可樂，馬上被江俊昇阻止。

「攏臭汗酸味恁擱拭。」

「恁想傷濟。」朱冠群趁著江俊昇握方向盤轉彎時，用汗臭T恤多擦好幾下。

江俊昇斥喊噁心，右腳踢了朱冠群一下。

朱冠群、林永安、江俊昇國一同班時就發現彼此是怎麼開玩笑都不會生氣的那種人，什麼都能聊，所以老是聚在一起。他們鬼混的時間長到班上女生都竊竊發笑，尤其是他們有陣子常常不約而同穿著吊嘎，在學校跑給組長追。

組長一認真起來就冷著臉大喊，江俊昇，回來！林——永安！朱、冠、群！

吼聲雷震，而且叫每個名字的節奏都不同，在走廊迴盪時聽起來恐怖又好笑。

面對這種事，他們早有對策。口哨聲一吹，分頭行動，一人跑向教室頂樓，一人衝去操場，一人跑向圍牆。跑到操場的那人迅速找地方掩蔽，算好圍牆邊的已翻牆出去，才跑到體育館的地下室會合。等組長忙著追向圍牆外，他們就能悠哉悠哉地從地下室出來，翻過另一堵牆，跑到街上去。這種分頭行動一定要有集合地點，而且需要常換，免得組長摸清他們的路線。

那時體力可好了，像是沒心臟那樣跑。

校外全都是水田。

幼小秧苗稀疏整齊地坐落田中，而放了水的田一路上都倒映著這三個狂奔的身影。臉朝著無限寬闊的前方，但也需戒備後方有沒有追兵。跑過一畦又一畦周遭插著秧苗的田埂，體內有一股怎麼也用不完的力氣源源冒出，髖關節膝關節或是腳踝，擺動的手臂，任何彎曲處都發燙著，雙腳發條般運作，彷彿馬力十足的引擎，順暢轉動。

跑過伯公廟。

繞過農舍後的堆肥。

閃避通過養雞人家時只能用嘴巴大口呼吸的那片圍籬，三人集合在土地公廟前的樣子活似落水狗。夭壽，直到那時候才想起要喘氣，找回心臟的跳動聲，砰砰，砰砰，在體內橫衝直撞。脫下濕透的制服，彎下去用嘴巴輪流接飲水機的水，喝了好幾輪，才有辦法坐下說話。

「欸恁是咧起痟呢，走遮爾緊。」

「恁……嘛是好否！」

國中時候的他們瘦得好像上輩子陌生人，朱冠群幾乎都快想不起自己以前有多瘦了。

那時還一個勁地想練肌肉，好笑的是，肌肉沒練成，現在有了一小圈啤酒肚。

升上國三時，林永安自作主張說自己不去學校了。

他國中成績老在中後段，國二是進前段班的最後機會，他還是沒能進。可是朱冠群和江俊昇都在。這件事林永安嘴巴沒提起過一字，朱冠群跟江俊昇卻知道他很在意。畢竟林永安國小成績挺好的，他阿嬤曾經很得意自己金孫「會曉讀冊」，炫耀給街坊聽。所以林永安一上國中，發現第一份成績單遠不如預期，還遮遮掩掩不敢給他阿嬤知道。他不喜歡死讀書，又不想真的放掉成績，不上不下的。每次遇到月考，林永安的情緒就陰晴不定。

轉眼升國三，他們一如國一時，繼續跑給組長追。他們的導師們什麼辦法都試了，最後索性裝作沒看見。不過，所有人的體力都比之前下降了一點，原先組長是完全看不到他們人在哪裡的，後來他們竟能彼此在路上遠遠相望。畫面變得好笑，簡直變成組長在陪他們跑步一樣，只是速度跟不上。

某次他們照樣跑過伯公廟裊裊升煙的三炷香——

「欸，明天開始，我不去學校了。」熾熱日頭下燃起引信，這回又是林永安。

「有差嗎，我們現在這樣。」朱冠群回頭張望，組長好像已經停下來在路邊喘氣。他突然覺得組長滿笨的，開車追他們不就好了？

「你不懂啦！」林永安的聲音明顯喘氣，語氣不耐。

「哪裡不懂？恁爸就是不爽你什麼都不直接講。啊直接講是會怎樣？」江俊昇忽然停下來轉身，對林永安毫不客氣。

一路跑著，頭頂燙得要命，視線也熱到有點模糊，這麼一停，朱冠群撞上林永安，三人熱汗黏糊成片。

這麼熱的天氣站在路中央吵架。朱冠群怎麼想都不覺得對，「好啊啦，恁按呢不時相觸，敢袂癐？」他站在兩人之間，試著蹭開一點空間，不過林永安還是抬起他高一個頭的江俊昇挑釁。

「拜託咧，揣一个較涼的所在……」朱冠群話音越來越小。

「你說啊，剛才不是叫你說？」江俊昇的拳頭都握起來了。

「說說說說個屁，你不就越來越像你們那個班導陳老頭，一天到晚只會講……」

「講三小？」

「算了啦，你們都去第一志願啊。現在在幹嘛？時間太多喔，跟我在那邊健康快樂。」林永安啐一聲，眼睛斜著，一點都不看江俊昇。

「啊你很奇怪捏，是吃炸藥喔，幹嘛，我就是喜歡翻牆出來！你是以為我愛來學校喔，還不是我爸……」

「欸走了，走啦！」朱冠群兩手朝兩個吵個沒完的衣領一抓，「靠夭，組長追上來了啦！還不快跑。」

兩人精神瞬間抖擻，拔腿狂奔。畢竟這組長超黏人，萬一被現場逮到，更會嘮叨沒完。

「靠，欲走到啥物時陣？」江俊昇跑著跑著突然笑出來。

「毋知。抑無，走去坑頂啊，敢否？」林永安說的就是仨的祕密基地，可通常他們都是騎單車上去的。

「走甲坑頂是欲死人囉？」江俊昇回道。

「規氣啦，恁家己先轉去，反正你嘛走袂緊。」

那天之後，肌肉整整痠痛三天，連走路姿勢都因為太過痠痛而跛著。

唯一一次三人跑到那麼遠的地方去，以後也不會再有，朱冠群其實挺懷念的。

現在他們沒人可以這樣跑，只會乖乖賺錢，體型更是胖了不少。

可是，有現金真好。

坐上江俊昇開的車，三人口袋裡都甸著一日薪水，夕陽灑下片刻金邊時，朱冠群都會感到疲倦浮到身體表面，車內也格外沉默。

他拿下頻頻滑落的黑框塑膠眼鏡，用衣服擦了擦。但越擦越霧，還把身上的汗水油膩都抹上去。其實最近他老覺得這副眼鏡看出去，每樣東西的邊界都有點模糊。他試著稍微閉眼放鬆幾秒，常常就這樣忽然打起瞌睡。

驅車途經一整日勞動過後的大片農地尾端，這時沒了金箔光面，陷入長時間的空白。飄在空氣中的農藥氣味已經很淡。不過一整天熱到昏頭的曝曬，有些東西早就滲入體內，朱冠群闔上眼，忍不住進入夢鄉。

2

到家後，發財車轟隆隆離開。朱冠群先喝一大杯鮮奶。他從網路上看來的，聽說解毒，有總比沒有好。

進浴室沖澡時，他格外費時間用肥皂澈底清洗過每吋皮膚。以前他沒這麼注重這些，有洗就好。開始打工後，他老覺得身上有種洗不掉的氣味。

可是，只有國中畢業還有這種薪水不低的打工可做，他覺得很好了。

擦乾身體回到客廳，他坐在椅面破損的藤椅上，打開門，讓風自動把頭髮吹乾。之前媽媽都會唸他，頭髮不吹乾小心以後頭痛。

那時家中美髮廳還沒歇業，他習慣坐在美容躺椅上，口中應付媽媽，一面翻看最新一期的《寶島少年》。那都是江俊昇買的，只要他看完，他就能接手討來看。他看漫畫，媽媽不反對，畢竟他成績保持得不錯。很快做完回家作業的他，多半會被叫去幫忙把客人用過的毛巾拿去洗晾，或是整理燙髮、染髮的器具。

從小，朱冠群頭髮就是媽媽剃的，經常會被說好看。

當然，我媽媽剪的。

小學階段是家裡生意最旺的時候，從早上十點一直到晚上九點，到附近買菜順便來做頭髮的，運動完順便來剪頭毛的，人潮進進出出，他也習慣家中一直有不同的客人。

他嘴甜細心，媽媽洗頭時，他會替客人臉上擺條小毛巾，以免洗頭時濺上水花。婆婆媽媽沒人不喜歡他，經常會塞些零食到他手裡，家裡的櫃子那陣子裝的都是他的戰利品。

店開著，人聲穿梭屋內，或打烊後繼續收拾打點的畫面都形成讓朱冠群動不動回想起的風景。

以前家中常有阿摩尼亞和雙氧水的味道，朱冠群並沒有想像中適應。小時候他也會對於這些味道很反感，尤其窩在廚房餐桌吃晚餐，空氣中瀰漫的刺鼻味讓他不自覺快速扒完碗裡飯菜。

「你吃慢點。」媽媽才說完，一聽見有人推門進屋，又會匆匆擦擦嘴，忙著上前迎接。

媽媽吃飯向來只能抽空吃個一兩口，進食單位要夠小，才能應付不定時上門的客人。朱冠群負責拿遮菜蓋，保護好一大盤炒麵或炒飯，這是家裡最常吃的，因為煮起來最快。媽媽習慣加豬肉絲和切碎的洋蔥、高麗菜，有時候會加海鮮。他跟媽媽都很能吃辣，所以盛盤後，他和媽媽都會各加一大匙辣醬。

「又是炒飯。」做板模收工回家的爸爸不怎麼喜歡炒飯炒麵，尤其聞到辣味。

「加減吃一下，不然你自己去包便當。」

「算了。」說完就去冰箱拿啤酒的爸爸，身上衣服都是土砂痕跡。

看著台啤的玻璃小杯注滿淺金黃色的透明液體，一杯下肚神情明顯不同的爸爸，還有正在努力消化盤內食物的媽媽都在身旁。喝到微醺爸爸會說點工地發生的事，高興起來，說一堆專有名詞他也不懂，不過興起了，爸爸會連珠炮說工班主任的壞話，邊說邊學，有時也逗得媽媽又氣又笑。

這間房子裡發生過最好的時光。

後來聽信朋友誘勸，爸爸開始去民宅設的賭場賭幾把。他口中常唸著自己做工地這麼久，房價漲，他們這些辛苦做工的薪水也沒漲，偏偏以前也做板模的阿仁就是有本事比他還早換新厝。打聽之下才曉得阿仁前陣子手氣順，陸續贏了好幾把，加上有人牽線，沒多久就買到一棟。

朱冠群從不知道別人家的新厝有多好，好到爸爸徹夜不歸。爸爸回到家的時間點，如果是半夜，酒氣沒散，拉開鐵門時框瑯一響就會驚醒媽媽。媽媽開門，開燈，去看怎麼回事。假如輸了錢，爸爸鐵定趁機找碴，大發雷霆一頓。若是大清早回家，爸爸就會剛好遇上正準備開店的時機。有幾次，二話不說就砸了店裡的用具，讓不少路人都驚嚇逃開，這是媽媽最氣的時候。

可是她會忍到朱冠群出門上學，在此之前，只一個勁地掃著滿地狼藉。

這樣反覆幾次，店內生意就不好了。

「攏是恁老爸咧討數矣。」媽媽開始不自覺向他抱怨。就算生意再慘淡，這間店是不可能關的，過去當了這麼久的學徒，吃過苦的媽媽很堅持要靠自己的手藝養活一家人。為了穩住生意，開店時間拉得更長，做到十一、二點，隔天再一早起床。

生意依舊被接連興起的百元快剪斬殺。

以前常來的婆婆媽媽，現在專門參加百元快剪的開幕活動，她們一個拉一個，還把自己小孩也拉去，所以家中理髮店人潮比之前掉了大半。

店內遺留的刺鼻染膏味道卻依舊存在。

工作時間太長，沒得休息，收入又減半，朱冠群記得媽媽從那時候起心情特別差。他提議說要外出打工貼補家用，卻被媽媽罵一頓。他知道媽媽不是有心罵他，但當時他沒想到媽媽已經罹患憂鬱症。

家庭理髮店還能支撐多久，這個答案很快揭底。正值他國二。某夜，長時間沒回家的爸爸忽然回家了。正當朱冠群猶豫著該用什麼表情面對這染上賭癮的爸爸時，他卻一個箭步拉住還在等客人上門的媽媽。

「痟查某人，恁是不是共筊場講袂得通予我入去？啊？是否？聽說恁擱挈紅包去共人拜託？起痟喔！」說完就是一巴掌，「食飽傷閒啊恁，哪毋閣挈錢予我？共恁講，我攏總考慮過，嘛研究過，恁到底是按怎？莫閣囉嗦矣啦！」爸爸雙手力推，媽媽撞上燙髮的器材。

「你咧痟，我無欲綴你痟。阮規家夥是欲靠啥吃穿？」

媽的話再度刺激了正在翻抽屜的那雙手。

朱冠群一下衝上前，想阻止雙眼血絲，口腔惡臭難聞的爸爸。他奮力一搏，卻遭一腳踹開，「老爸老母佇講話，恁囝咧番啥？」

媽媽反身抓住爸爸的頭髮，口中大罵：「恁盍會資格按呢對待恁後生？」力氣遠敵不過，媽媽很快就被甩到躺椅那，朱冠群想上前扶起媽媽，一陣亂踢朝他而來。

「莫閣踢啦，恁閣踢、恁閣踢！」媽媽的聲音變得裂碎，玻璃渣般刺人。

朱冠群撐起身，媽媽手中利剪在他還看不清時已衝向胸口，拔出，像是放血那樣，再刺，再放，酒氣濃濃的空氣驟然多了血腥味。隨著利剪進出，盛氣暴力的身軀隨著剪刀的起落，一下子消風。戳刺出好幾個洞，血液漫流開來，順著發皺上衣一路垂滴。磨石子地面出現一滴血，兩滴三滴，朱冠群從驚嚇醒來，握住那把剪刀時，媽媽不知已經刺進多少刀。

拿開剪刀，那個長年做工後因沉迷賭博而頹軟的龐然身體倒地。她也是。

朱冠群想拿毛巾止血，卻發現全晾在屋外，一條也沒收。他急抓了幾條，進屋子裡要媽媽壓緊，並打了手機，把警察和救護車都叫來。

他們來得很快。警車車頂的閃燈懸著他的心，刺眼的光轉啊轉，警察和救護車很快離開。

媽進監獄，爸搶救無效，最後火化。

然後，這個家就只剩下他。

3

說起來，江俊昇應該要繼續升學的。先是林永安發神經搞什麼不去上學的把戲，國三畢業前，朱冠群又無意間得知江俊昇決定不升學。

朱冠群沒說什麼，只照樣找江俊昇去溪邊釣魚。

那條曾堆滿垃圾，後來變成市府政績之一的溪流，老一輩都叫它後庄溪。市長在下一波選舉備戰中，粉專頻頻發政績文。朱冠群就是不明白，一條他打小看著好端端的溪，後來變成漂蕩垃圾的惡臭之地也沒人理會。現在只不過將它恢復原狀，又變成政績了？

想這些也沒用，反正他們晚上有地方去就好。

他和江俊昇都喜歡夜釣，沒什麼特別理由，說白了就是怕熱。他們都是一熱就長疹子的體質，所以通常晚餐後才帶著用具，慢慢走下溪畔，靠著微弱路燈綁好釣魚線，拿出前晚泡在米酒裡的冷藏麥片或偷懶時直接買的現成粉餌，近岸拋竿，釣點停留在石堆錯落處，吹著晚風，靜待魚兒上鉤。釣到什麼魚無所謂。順利復育的這條溪，溪底都是鯽魚和吳郭魚，多得很。因而夜釣後偶爾他們會帶回去煮一鍋鯽魚湯當早餐，然後接著上工。

釣魚這事是江俊昇教的，他說他家還在高雄時開過釣蝦場，從小就學了一手。後來因為他爸轉換生意而決定搬家，江俊昇還好段時間水土不服。

「這樣可以盡情發呆，又不會有人問你是不是在發呆，是不是有夠讚？」江俊昇每次釣魚，除了剛開始煞有些回事，其餘時間在朱冠群眼裡看來都只是找藉口放空。果然如此。

「你要發一整晚的呆怎麼不回家睡覺？」一開始朱冠群被揪去釣魚，釣具餌料都是江俊昇準備好的。林永安倒好，他把釣竿當作新玩具，沒到提竿時間，他就會因為稍有波動的釣線興奮到手足無措，就算沒釣到也自嗨半天。

江俊昇準備的一桶魚餌常常因為這樣提前被林永安嗨完了。不過他依然拿著釣竿，繼續讓浮標停在一無動靜的奔流之溪。

這時林永安索性脫掉上衣和褲子，穿著四角褲踩進溪裡撈魚。

「你幹嘛啊？」江俊昇垂放的釣線在林永安瘋狂踩踏中，脆弱得像不存在的蜘蛛絲。

「抓魚。」林永安笑嘻嘻答道，他最引人注目的就是一口白牙。長得不帥，眼睛和牙齒卻超有存在感。

朱冠群看江俊昇索性收回釣竿，當時還會鬆口氣，他對這麼漫長的等待沒有興趣，平常在家，等爸回家或是等媽打烊就夠了。只不過他沒想到釣魚後來變成他的喜好之一，特別是夜釣。

幾無燈光照拂的溪畔，藏著夜不成眠的生物。朱冠群跟江俊昇兩人各據熟悉的老地方釣魚，釣到了他們多半只會解開魚鉤，放走釣來的魚。一捉一放，經常就到夜半。

「阿昇，你爸贊成你出來工作？」

「沒什麼贊不贊成啦，我就只是想出來工作而已，跟他沒關係。」

「可是你成績還不錯，導師不是找你約談很多次？」

「啊你是在發神經，難道我很會釣魚，以後就要把這個當工作喔？」

「也不是。」朱冠群感覺自己說不下去，他也是那個被導師約過好幾次的人。

陳老頭前陣子臉色難看得很，隔壁班還傳言，他早就發下豪語跟學校保證，絕對能說服這兩個學生考進第一志願。

他們只是不想考，要不然會考絕對榜上有名。隔壁班的山仔學陳老頭說話維妙維肖，逗得周遭都哈哈大笑。

不過，朱冠群知道江俊昇和林永安不會勸自己繼續升學，他們都曉得他家狀況。自從發生那件事後，他再也沒邀過同學來家裡，除了不請自來的林永安和江俊昇。偶爾他失眠時，胡亂想著江俊昇該不會是為了陪他才打算不升學，可是又馬上否定這荒謬的想法。

我是什麼咖小？

就是個守著凶宅破厝的。

家裡磁磚出現龜裂痕跡，門軸歪斜生鏽，這棟屋子生根已久的問題一道一道，輪番讓他煩。可是，無論如何他都得跟它相守，因為入監服刑的媽媽總有一天會回家。

為此，上法庭前，許多事情都得弄得比平常更清楚，就像整修房子需要考慮的細節，律師就是評估施工狀況並加以勘驗的人。外行人看起來沒問題的地方，律師卻能指出矛盾與危險，給予一番解釋的道理。道理怎麼說，緊繫著刑期多寡輕重。朱冠群接受調查時，他說了自己看到的，律師替他整理成法庭上能夠互相勾連的語彙，他坐在一旁，每個字都懂，可是整句話的意思他不懂。

並且，法官最後並沒有接受律師辯護說的那樣，理解他們家的事。

為什麼？抱孵在體內的無解疑問，只能隨釣線弧度拋向潺潺流動的溪裡。

夜色下，溪流的紋路宛若微光皺劃過才存在，定睛看，亦無法捕捉一道完整流線。它是一面永遠難以平靜，不能測出深度的黑鏡。即使釣線能測出客觀的距離，靠著手部微乎其微的觸動得以知曉水深幾呎或釣鉤是不是被輕輕啣住，他還是時常迷惑著下一步。他的腦海慣於定期迴放某些畫面，就像不經意間拿著釣竿的手反被釣線牽著走，到頭來必須和某種力量拔河。他相信，水裡埋伏了巨大而樂於挑釁的變形怪魚，因此肩膀才會在激烈擺動的線索另一端緊繃起來。脖子跟頭沉如鉛球，卻無法證明。每回基於預感提竿，回應他的卻是繃到極限忽然在空中鬆開的釣線，懸著浮標和鉛片，尷尬搖擺。

通常江俊昇和林永安這時就會拚命吐槽。朱冠群沒理會，下意識捏了一丸吐司和吐司粉混合的餌料丟進水中。

這個夜晚沒人吐槽誰。忙著出陣的林永安沒出現，他很久沒來這條溪釣魚了。只有朱冠群和江俊昇的夜釣，顯得太過安靜。

找江俊昇出來釣魚，與其說有多擔心他的前途，不如說是自己需要趁機消化半年前發生的事。媽不在的家，阿姨和舅舅來過，做了主張讓理髮廳歇業。

皮椅龜裂發霉，罐子內的染劑過期凝固，擱在櫃子裡的慕斯髮蠟品牌過時，讓客人端詳自己髮型的大面鏡子出現擦拭不乾淨的霧色。理髮椅、推剪、剃刀不再適合做生意。就算媽回來，都是好幾年之後的事。一切被遺忘的只會繼續沾灰塵。朱冠群想了想，決定讓舅舅全權處理，該轉賣的轉賣，其它拆卸，分類成可回收和不可回收的，全讓卡車運走。

那天舅舅朝他手裡放了一包錢，說是變賣後所得。他知道或許沒值這麼多錢，不過仍安靜地收進口袋。爸爸那邊的親戚，除了火化時大姑姑與小姑姑來，其他親戚躲得遠遠。

棺木推進高溫烈火前，朱冠群聽大姑姑口中唸道，沒事去跟人家吸什麼毒，真是夭壽。

遠處火苗熾烈，旺盛穩定，它從相驗屍體證明書後彷彿便等待著這副青瘀色的身軀。埋伏在體內的血管與包裹全身的皮膚都硬化了，不像人，而是成為說不出哪裡怪異的，像人的物體。

它曾裝著酒與毒……

相驗後才知道的事太多，朱冠群消化不良。唯一能做的是釣魚放空。

「欸，你釣竿拿這麼久，還沒釣到喔？」江俊昇問，他上禮拜發神經把頭髮染成藍色，夜裡看來還是很醒目。

今日的魚全沒上鉤。索性收起釣竿，朱冠群起身向江俊昇問道：「你確定了齁？」

「嗯啊。」

聽到答案的朱冠群沒說什麼，摸摸頭，想跟江俊昇說別釣了，但看他還不想停下垂釣又放生的循環。朱冠群又坐了下來，屁股下方的石頭顛角觸發了腦中一道模糊念頭，感覺待在深夜的他們也咬上某種餌，知道是餌還是會張嘴去咬。這就是他們。

再過一個月，他們就要畢業了。畢業後，收掉理髮廳變現的錢差不多會花掉一半，他就得正式去找打工。

以前，很注重髮型的朱冠群每隔一段時間就需要媽媽替他的短寸頭修整。以後，像是這種習慣真的，真的就得改改了。

4

站在田中央，二十幾公斤重的長噴桿握在手裡，手必須夠穩，才能撐住三四尺的長度，不讓噴桿砸壞農作物。

雇用他們的師傅陳立，從沒跟他們說過這些事，直到某次噴完預定的田地，休息時間朱冠群好奇拿起，差點重心不穩摔倒，才知道他負責的工作已經很輕鬆。

穩穩立於各種栽種條件的作物間，或站在前夜放了水的田裡噴藥，或走進高於人身的玉米田，盡可能讓藥噴得有效率，不讓自己置身農藥反噬的危險，這就是獨門本事。他們三人工作時也看過的，有人噴藥時趕著噴完，沒注意風向，結果一道風來，農藥灑了滿身。隔著好幾畝地，朱冠群只能在口罩帽子保護下微瞇著眼望著，那人被扶去一邊休息。所有在這時間點出現的人都心知肚明，體內累積毒素是什麼感覺。

胸悶無力，頭痛噁心，視線模糊，嘔吐。

最嚴重的是呼吸困難與昏迷。

「欸，你們要記得背我去醫院。」聊到中毒，江俊昇都會這麼交代。

「開車送就可以了，背你幹嘛？」林永安回道。

朱冠群笑了出來，同時覺得眼角含著一點酸澀。他知道就算中毒還是會選擇繼續工作，每天的鈔票一定要每天拿到。

他清楚記得第一次跟著江俊昇來當師傅助手時覺得口罩太悶，自行脫了下來。結果那天天氣熱到塑膠鞋踩上田埂，剛才噴過藥的地就跟發瘋似的，回灌地氣。距離正午還有好長一段時間，理論上不會有事。但就是回過神來他只能彎腰勉強撐著，忍不住暈眩大吐，就吐在地主說要好好噴灑農藥的農作物上。

「欸你不要嚇我欸。你現在怎樣？」朱冠群聽見黏糊糊的腔調。他知道是江俊昇。

江俊昇一直等到他好點後，還是問了好幾次，真的不用去醫院？吐過之後，胃和喉嚨都很不舒服，可是朱冠群知道哪有閒工夫和閒錢去看醫生。

「回去喝牛奶就好了，安啦！」朱冠群還是做完那天的工作份量。

或許因為這樣，朱冠群獲得他的第一份打工機會。

江俊昇說陳立是他爸以前同學的弟弟，從小就認識，「我說我朋友想打工，叔叔當然好，這裡很缺工。」

「不是說還要再找一個收管的，不然叫林永安來。」朱冠群說。

「不用你說。」江俊昇右手扶著方向盤，左手伸出窗戶示意。

「手伸那麼長幹嘛？」

「這臺車方向燈壞了。」

「開去修理啊。」

「我無照捏，這樣車行老闆不就知道。」

欲蓋彌彰，誰不知道這臺車就是江俊昇一天到晚在開的。朱冠群說不過他，轉頭看向車窗外。在黃昏交界的時間，田埂上還有零星打工仔。他們低舉噴桿，在茂盛青綠抽長稻苗間輕輕平移，宛若田間釣魚。

噴藥時，偶爾會有蟲受到驚擾，竄到身上來。不過工作時眼睛幾乎不會眨一下，只會持續挪移噴嘴，灑下致命的軌跡。好像這些活生生的生命，都是被劇毒釣起來一樣。

垂下毒餌，蟲子死訊到來。

迎來垂暮晚霞之際，就代表又有一大批蟲掛掉，在裡面打工的人，細胞也死了一點。

又有什麼關係，朱冠群想，反正生下來，總有一天是要死的。

5

過生活遠比他想得還花錢。房屋稅、電費、水費、瓦斯費，這棟房子衍生費用比朱冠群想的多。

他後來竟幾次掙扎於該不該賣掉房子。手機通訊錄裡幾個稱謂滑來滑去，他想不到能找誰。大叔有竊盜前科，後來運毒被抓去關。小叔在外經商失敗，之後整天都在家喝個爛醉。大姑姑終年忙於照顧一對只能躺在搖椅上的孩子，小姑罹患癌症後便很少出門。至於舅舅和阿姨都住臺北，阿姨在夜市擺攤，舅舅在果菜市場工作，他們上次能夠來家裡一趟，他甚至覺得驚訝。上門理髮的客人呢？他想起幾位固定的常客，尤其是一開店就等在門口，趕著要一顆清爽髮型的那幾位伯伯阿姨，現在也奇怪得少見。

朱冠群做了半年代噴農藥，確實存了些錢，代價是生活作息跟過去幾乎相反，他還是不習慣墨色濃藍的時刻起床，起床後也有好幾個小時得靠意志和夢遊般的行動拔河。每逢放學時刻，穿著國中或高中制服狂踩踏板的學生身影，總會讓他習慣性地轉過身或別過頭去。他對自己說，沒有正臉迎視是為了配合輸送農藥管線。

要幾個理由有幾個理由，這些理由不知不覺成為他放棄學業，繼續工作下去的依據。為了錢，什麼工作都可以做。朱冠群知道自己不能隨便放下管線離開，不管是什麼時候或什麼理由。

所以收工後，痠疼的肩膀和緊繃的背讓他好幾次躺在理髮椅上就睡著。睡了幾小時醒來，晚上八、九點了，這時除了去夜市閒晃，買點吃的，不然就是去夾娃娃。最常做的還是不用花什麼錢的釣魚，只要不花錢都好。因此當林永安催他去廟埕看陣頭演出，他才會勉強答應。

林永安是什麼時候迷上陣頭啊？朱冠群想不出個所以然。很多事情他都想不到前因後果，突然就這樣了。

林永安的阿公當過鄰長，他爸在二十多年前也出來選過。

「結果怎麼樣？」

「面紙口罩筆啊都買了，看板關東旗什麼的，前前後後也噴了十幾萬。我媽反對，但是沒用啊。聽我媽說，我爸以前人緣是很好，加上阿公以前就是鄰長，所以家裡常常有人來往。可是最後還不是讓那個誰選上？」

「誰？」

「算了不重要，我根本都沒記住過。反正根據我媽的說法，我爸從那件事之後才肯認真去找份工作。」

林永安他爸後來開了間機車行，他是仨之中最早會騎摩托車的。他尬車技術特別好，特別愛表演翹孤輪，不過每當江俊昇要他傳授祕訣時，林永安只會神神祕祕地說，這車不是他的。

這跟車是不是他的有什麼關係，江俊昇不爽過。

而自從林永安決定國中畢業不升學後，突然大方起來，向他們傳授控制油門和車輪平衡的方法。不需緊催油門就能讓車維持前輪立起，也不會左右偏移，看得他們大呼神奇。

「身體要會平衡。」他跨坐的Super Four改管，小聲低吼，輕鬆維持三、四秒。他的黑長髮飄揚，從瘦削的背後看去，挺像妹子的。

「欸你看，會不會有男的看到去跟他搭訕？」江俊昇向朱冠群小聲說。運轉快速的輪子煞在他們面前，細長眼睛盯著我們，「又說我什麼壞話？」

「說你怎麼後來都不跟我們去噴藥了啦，幹，少你一個我們很累欸。」

「莫法度啊，我爸要我留在店裡，幫忙換機油、處理輪胎打氣什麼的。我說現在沒人來這個村子了，他也不信，還跟我複習他以前開店的生意有多好。

「以前我媽的理髮店生意也很好啊，你就這樣跟你爸說。」朱冠群輕鬆講，常曬太陽的臉龐掠過一絲灰暗。

阿姨過得好嗎？

朱冠群知道安靜坐在摩托車上的兩個人想問這個。

「不說這個，你知道最近阿安很嗆喔。人家都想認識他！」

「喔？」

「就妹仔多咩。跳陣頭之後，有妹仔來問我要不要跟她交往。」

朱冠群和江俊昇兩個眼睛圓大，光亮得像一下子忘了所有事。

「好康現在才說，那快去快去。」江俊昇說要回家換件衣服。

「換什麼衫，上場打鼓的是我欸！」林永安按了按喇叭，江俊昇還是執意往回跑，邊跑邊笑。

「走喔走啦。」

難得不工作的一天，不需要天沒亮就忍受惡臭的農藥氣味。

這樣也好。

去廟埕看妹仔，可是摩托車翹孤輪就不能三貼。林永安乖乖騎車，身體勉強掛在後座的兩人，好一段路都用腳幫忙穩住車身，慢慢在地上滑行。

抵達廟埕時，已有一批人在練鼓。林永安趕緊停好車，到團長前集合。團長向他交代兩句，林永安在鼓前擺好陣式。

「來真的。」

「看來是哦！」

朱冠群看林永安雙手齊飛，鼓聲節奏咚咚地敲入心臟。他也見識多次慶祝神明生日的繞境儀式，那些更嘈雜熱鬧的場面，萬不及見到朋友全心一意投入時的感觸。

打得滿好的。

他沒說出口，江俊昇更沒可能。

在鼓音震動中，他不經意說了接下來要去梨山採收高麗菜的事。

「好賺嗎？」聽語氣，江俊昇應該另有安排。

「陳立師傅介紹的，說不比噴農藥差。有錢就賺嘛，你知道啊！」

滿頭大汗的林永安終於舉起鼓槌，大功告成。團長招手，他們紛紛脫下上衣，抹抹汗水，沒多久都走進廟埕旁的一間房子裡。

林永安向朱冠群與江俊昇揮手，那些年紀跟他們差不多的人肩背上停著虎龍之類的圖樣，沒有上色，只是粗描形體。肉色草稿緊縮又張弛，對他們眨眼似的。

「走了。」

江俊昇一這麼說，朱冠群也走出廟埕，朝著已經慢慢開張的小鎮夜市走去。

6

「確定要上山了？」

朱冠群點點頭，他已盡量修好屋內破損處，窗戶邊框不忘貼上膠布，擋灰塵。至於準備遠行的行李，一個小袋，裡面裝幾套乾淨衣服，鞋子，杯子，還有媽送給他的帽子。媽沒送過他幾次禮物，倒是以前讀國中，班上女生會在聖誕節時塞給他巧克力。他不愛，卻記得一包不漏帶回家，擺在櫃內很長一段時間才跟媽媽說，這要送給她。

想起疲累一天後，吃著巧克力的媽媽露出很難察覺的微笑，他就有點後悔沒早點拿出來。

江俊昇站在理髮店內，頭髮顏色又換了，草綠色。

「這樣看起來好像高麗菜。」朱冠群說。

江俊昇給個白眼。

「我上山就是要去砍高麗菜。」

哼起歌來的朱冠群惹得江俊昇給他一掌。

「欸推不動。到底重了幾公斤啊？」江俊昇笑問，自在地躺在理髮椅上。「我家也是只有我一個人，所以啊，我爸問我要不要去中國跟他住。」

「你媽呢？」

「喔她改嫁了。我沒跟你說嗎？」

朱冠群搖搖頭，這些日子以來，他們每天都一起做這麼累的工作，可是話都比以前少很多。

「什麼時候要過去？」

「不曉得，等我爸回臺灣，他說要把這裡的房子賣一賣，換點現金也好，然後再一起過去。」

沒再繼續追問，朱冠群知道應該就是他待在山上工作的時候。

「那臺發財車就留給你了。」

「不要。方向燈都壞了，而且排出的煙臭死了。」

江俊昇有點沒好氣，朱冠群的手就已經伸過去，狂搓了他的頭髮。

「欸，我剛去弄這時尚綠欸，你幹嘛？」

「我先幫你鑑定新不新鮮。」

「放開，放開。」江俊昇高聲叫著，聲線卻低沉很多，聽著聽著朱冠群不覺放開手。

那一夜媽媽的尖叫聲，似乎在此不斷盤旋。他彷彿聽見帶著求饒意味的哭喊從另個時空穿越而來，比平常都尖銳百倍，具有侵蝕性的絕望。

「別想逃。」換江俊昇抓住他的頭，但朱冠群的頭很光滑，他試著替自己理寸頭，雖然從一些角度看過去有點像是壁癌。

抓住他身體的手不是準備踹他幾下的爸爸。

他索性任憑江俊昇胡鬧。兩人扭抱成一團，跌坐在地，跟過去跑到心臟快消失的歲月一樣。只是這裡沒有風，沒有草皮，更沒有急著要他們回學校的人。

有那麼一瞬間，絕不想承認的，朱冠群有點想念學校。陳老頭跟組長。送他禮物的女孩們。還能一塊闖個小禍的江俊昇和林永安。

想到這，朱冠群拍拍屁股起身，向江俊昇伸出手來。

「天快亮了，送我去搭車吧。」

人偶遊戲

誰此時還沒房子，就不會再建造了。
誰此時還獨自一人，就會有很長一段時間如此了，
將會醒來，讀書，寫長信，
與心神不寧地在林蔭道上，
來回遊蕩，當落葉紛飛時。
——里爾克（Rainer Maria Rilke），〈秋日〉（Autumn Day）

離開這房間時，陽光熾熱光源撒網入室，撈去這暗室所有灰暗之物，蒸散。我回頭看向位於樓梯下方，拉起布簾就能充作一方天地的隱匿空間。對我來說，那等同妳不為人知的遭遇。它是畸狀駭人怪物突然被重力壓扁，碎形無邊，也是難以向人描述的記憶。

我遺憾自己沒有機會再次聆聽妳想說的，也害怕。

妳的每個字句都將化為一柱柱鑄鐵橫亙，它們會排成牢籠的形狀，最終使我甘願被囚。

然而，我的懊悔再怎麼樣都無法因為久違的冬陽而瀝乾。懊悔一向濕漉漉的，如同火吞噬物體時不斷衍造出物之變形，成為神也無法重新捏塑的流質。

好山好水好無聊。正式新生報到那天，我在車廂聽到臨座這麼說。

車廂緩速移動抵達目的站的運途中，房舍景觀漸次抽換為山巒群峰，山坳間偶爾閃現著零星人家，所有人造物都在此地躲得夠遠，遠到讓人還沒張望清楚，車速又攜來另一片相似但不同的綠意。

火車停靠的迷你小站，以深褐與淺黃磁磚搭配布滿龜裂紋路的大理石建構，我拖著行李箱一出車站，瘦狹小路是唯一前進人煙的方向。過了馬路，兩排矮房零星幾間餐廳、小吃店雖然掛著招牌，但早過了用餐時間。一間間路過，前一爿是古樸陳舊的木建築，下一棟透天厝貼著半新不舊白磁磚。我看不出這些房子存在多久，只是靠近張望時，明顯感覺又暗了一階色調，好似太過明亮就無法在這條街上生存一般。

這裡散溢著熄燈關門的氣息。

決定來這裡之前，我沒想太多，只覺得能離開家都好。直到後來，我媽才得知我偷偷填了東部學校。她氣得不輕，直到新生報到都快到了，她還不想跟我說話。在家總是扮演和事佬的爸爸塞了一筆生活費給我，暗中交代有什麼需要就跟他說。

離家那刻，我媽那張嘴大概還想急沖沖冒出點什麼，不過一轉身就騎著那臺老噴黑煙的小五十去顧店了。她一輩子沒離開過這座小鎮，住久了，身上的樣子跟這些曲曲繞繞的小仄巷越來越接近。再繁瑣的事她都記得清楚，幾時操辦不同節日的祭祀，要跟哪間攤子買菜而最近又得換另一間買魚，包子哪家好吃，什麼細節得講究，就跟她掌握街市八卦那樣，怎麼問都能說出個所以然來。

八九不離十，我猜以我媽的個性，大概覺得把我照顧到這麼大了，也該是時候接手家裡的事業。

對於這件事，喜歡泡茶釣魚的爸爸向來沒什麼意見。應該說，他有一份多年任職區公所的穩定工作，生活在小鎮綽綽有餘。人高馬大的身形，個性跟牛一樣溫和，對我的課業幾乎不過問，甚至會在媽媽藤條伺候我時，悠乎乎遞上一杯茶，要她不要太生氣。

弄傷手就不好了。

這句說得再多次，都能讓媽的怒意瞬消。她放下的藤條早就在我掌心留下刺辣，我的眼淚還來不及流，我爸便會對我擺擺手，示意我拿考卷快進房間。這種事就連我要上大學也差不多，我爸看我媽騎得夠遠了，才叫我把行李放後車廂，他要載我去搭火車。

火車一路把我送到東岸，舒捲雲氣繚繞遠山，有時又顯得很近，越個校區圍牆就能觸及那般。我用手指輕輕一點，灰調色彩滲透，漫向一幢幢孤自兀立的巍峨建築。

想起網路不少人說這裡讓人恍若置身歐美大學。

愣顧四周，聚焦凝看不遠處的湖。我與不起波瀾的湖各自寧靜著，它突然卻驟亂成密針萬戳的晃蕩之洋。雨滴擲向我的腦勺，肩背，落巢的水氣一股腦朝我而來。我向離得最近的建築狂奔，雙腳飛馳，卻始終有到不了彼端的狼狽感。

我能感覺空氣裡有股力量拽著褲管衣角，彷彿要我後退朝向雨來的地方一探究竟。

妖綠煙氣，蓁莽遠山。

奔跑了很久，遽然現前的是推近到跟前的新生報到臨時櫃臺，系上學長姐坐著微笑。我腦袋迷糊起來，回頭望，山的距離又變得無法丈量，它們退得遠遠，而下過雨的山頭一個個都撐了雲傘。

選擇商學院，高中死黨小艾都快被我嚇死。他老是唸著，既然在三類拚得死去活來，怎麼到頭來選了社會組科系？

我跟他說，你不懂啦！

雖是死黨，我也沒提過家裡是做什麼生意。不是見不得人的生意，只是得費口舌解釋一堆。而且也不能隨便邀約，歡迎來我家玩。

直挺挺的紙人到處都是，神明到紙僕，靈屋到特殊訂製的豪華名車。

傳到外公已是第三代的店面招牌上寫著，萬隆糊紙店。大舅和媽媽在外公嚥下最後一口氣前，勉為其難答應接手。聽說外公早就安排好，如果這對兒女不接，他就準備要燒掉這間店面當作他往生後的豪宅。貨真價實，等比例大小。

「爸真的是瘋了。」每到廟宇祭典旺季，跟著一起趕工的我，都會被迫再聽一遍媽媽跟大舅的往事回顧。外公本人死得早，我出生前他就過世，所以我認識的外公，都是聽來的。

「爸那是置之死地而後生，說起來是妳說寧死不接班的。」大舅手指飛快又細心地編織骨架，媽媽的指尖則時不時戳入糨糊，他們倆像是在比速度，話連珠炮地講，手上速度也越來越快。

我的動作相比之下，根本是慢速撫摸眼前的神像。上壓克力顏彩可不能手抖。

「筱棠呢？妳有沒有意願？」

面對直白犀利的問題，我老早學會找藉口，「大舅你等一下再問，我要畫歪了。」

隨口敷衍的推託，轉眼來到出社會前的最後階段。

「讓妳選，離家讀書就只能讀商學院，要不然妳就留在這邊讀大學，我就不管妳讀什麼科。」

選填志願前，媽媽下了通牒。

記得送出志願的前一晚，躺在床上的我，對視微微傾身的童男童女，他們臉上表情一如既往，空白無物。用紙筒接黏形塑的臉，在燈光與幽暗的錯疊下，悶滯了真正的訊息。

快說。我在心裡想。

它們身軀輕盈漂浮，由身到衣，每一寸都屬於紙。攪爛泡軟再製的紙，浮上亮粉的紙，紋理特製的紙，它們就是這樣一小塊一小塊被堆疊出來的存在，表情靜止在當初被製造的那一刻。其後，沒有了。

接近虛無的立體感而耳鼻眉眼俱足，擲入火堆前難免怵然一驚，因為很真。直到火舌舔進它們，又會恍然它們就是一批紙俑。擔負重責，為人類替厄改運。

因而入眠之際，我仰視著很快要接受火化的它們，總覺得它們有話要說。人在死前也通常有話想說，幸運的可以直接道出寫下，不幸的也能透過亡故的身軀傳訊給世人。

你們在想啥？

窗外映入的霓虹招牌光線讓成群結隊棲身俯瞰的它們浮出荒誕臉色。

不知為何，自小我總能感覺它們想伺機在無人之夜，掙脫立在地面或懸掛半空的狀態，遛一遛。

某次半夢半醒迷濛中見到它們嵌實的目珠炅亮，摹繪定型的線條全部逸散空中，宛若灌注了神識，隨著線條搖曳飄飛。

我微微驚叫，想伸手捉住一道色彩，他們就全停了下來，什麼也沒遺落，一尊尊如如不動。

媽媽對我的想法嗤笑，「就光會胡思亂想。」

我無法解釋，便養成了睡前盯著它們的習慣，猜想哪時它們又會偷偷跳起舞來。

自此之後，一次都沒有。

反而是這群紙紮人偏開始聽著我的心事。

網銀帳戶顯示這個月爸爸只寄了一半的生活費。

「妳也知道這幾年生意越來越不好做，尤其這幾個月。」電話那頭爸爸明顯壓低聲音，看來是媽媽回來了。

「妳看能不能先打個工？家裡的存款都拿去周轉了。」媽不考慮先暫時歇業嗎？頓了幾秒，這句話還是吞了回去。我向爸爸保證自己沒問題，也像是同時為我們父女複習，「本來媽早撂下狠話，去外面讀大學，生活費自己想辦法。」

爸爸在話筒一端乾笑兩聲。

接著整堂微積分課我都在閒歇發呆，教授舉了雪球融化例子來談微分概念時，我只直勾勾盯著窗外淋雨的腳踏車，混沌腦海裡載浮著上回討論雨水在橄欖球面滑落的痕跡，那題特別需要考慮水珠水平位移的方向。沒多久，這些注定遺忘的知識從我的腦殼滑落。幾分鐘前按下的應徵資料，網域不知會將它送到哪去，這讓我頻頻在意著手機。

直到晚上跟同學吃完飯，回到宿舍慎重打開電腦，幾封回信才來。其中一封署名方太太。

說實在，大一菜鳥能夠找的工作種類不多，TA或助理類的都輪不到我們。家教也得看情況，我去面試幾次，家長往往信不過這麼年輕沒經驗的家教。

當時就是因為她的誠懇請託，我才選擇到民宿咖啡店工作，也因而認識了她的女兒方星媛。

我踩著腳踏車沿台九線一路往北騎，沿途景致若非秧田就是菜園，雙目延伸的平坦視野除了少數抽長的椰子樹和果園，其它盡是一折一折複製貼上。看得出經過輕度的整頓，所以亦有幾間民宿，等著客人上門。

究竟有誰會住在這種沒有壯麗景色的民宿裡？

二十幾分鐘後，導航引我切進田畝旁的小路。偏巧眼前的古厝上也掛著，民宿、咖啡、景觀。

踏過大門門檻，探頭想找方太太，突然衝向腳邊的瑪爾濟斯讓我嚇了一跳。快步向前輕聲喝斥牠的中年女子，瘦薄身材套著寬鬆洋裝。

她抱起狗，抬頭對我笑問，「妳是來應徵工讀生的吧？快進來。」說著就拉住我的手，態度親切但動作自然，我鬆了口氣，跟著踏進這座規模不小的閩式古厝。磚紅質地的院落裡養了不少缸荷花，院內角落的老樹掛著鞦韆和吊床，雖然設施不新，坐在戶外喝咖啡的愜意感仍因遠景巒峰有雲而存在。

我好奇問起這座古厝的來歷，留著男孩般短髮的方太太轉過身一笑，表示沒什麼特別，遷居來花蓮時，正好見到要兜售，就買了下來。

她說話速度比一般人慢，語氣柔緩清淡，在我的想法已轉到別處去時，她的結尾才落幕。

與我想的不同，方太太不太有生意人的樣子。既不太熱情招呼，也似乎不在意悠悠的語速會讓人聽了著急。

「妳要不要喝杯咖啡？」方太太問了，我還猶豫著，她遞出名片，逕自到吧檯替我盛咖啡。咖啡機樣式古老，噴出蒸氣時，還發出喀喀響。

我接過咖啡，星點藍幕的陶器容納著一泓墨深的洞。啜一口，洞穴泛起漣漪，微苦不澀口感伴隨香氣，使人在乍涼天候裡，舒坦了沿路奔波而擠壓的眉間。

方太太不知何時定定凝視著我，問起我的求學經歷與成績。我對答如流，她臉上神情似乎同時滿意著我喝咖啡的表情與我的學歷。我以為她想知道的是我的工作經驗，不過接著她瞇著略略上揚的細眼問道，「妳怎麼會想來花蓮讀書？」

「嗯，沒考上想要的科系。來花蓮幾個月下來，發現這裡也不錯，風景很美也滿安靜的，跟我家鄉差不多。一樣無聊。」

對於這回答，方太太整個人好似被戳中開關，發自內心笑了。她的魚尾紋驀然明顯，可是這一瞬，我反倒覺得她終於像一般人。

「好……妳知道工作內容吧？吧檯這邊的工作主要是面對客人，幫忙點餐、端盤子。對了，營業時間結束後，要把這天的器皿都清洗乾淨，一切都會照算時薪。營業時間內，我跟妳一起在一樓，不過我常需要去整理房間。妳看，我們這裡房間數還不少，除了我，還有一個打掃阿姨，但是可能妳們不見得有機會見到。現在妳不趕時間吧，要不參觀一下？」

她沒等我回答便走向後院，我只得跟著。

通過布簾，連接純閩式風格後的景觀截然不同。每間房均安裝有大片落地窗，走在外面廊道就能一覽房內情況。屋頂也去掉老式舊瓦片，搭建一大片水泥色平臺。

「這是清水模，最近幾年日本建築很愛用的，是不是很有日式風情？」方太太見我目光逗留，解釋道，「當初我先生堅持把屋頂改造成可以讓客人走上去觀星的平臺。」

確實，我看到走道旁留了一條鐵梯。

這邊走。方太太好像沒打算讓我走上景觀臺，她指示我進房看看。走進還沒點燈的空房後，隔著玻璃窗，不知為何感覺暗得很。旋開燈，室內裝設的竹編燈和純白的床鋪襯在大片格狀紅磚上，如果忽略提供客人放置個人物品的櫃子顏色與房內的其它裝置，其實還挺不錯的。櫃子舊得搖搖欲墜，擺得到處都是的假花和公仔被擱在同一層，我連經過櫃子都小心翼翼，深怕差點碰壞它。

繞過整圈，瞄了各房擺設，風格迥異。唯獨老式木板門，大片玻璃窗，一襲遮光效果絕佳的窗簾是共通點。施工開了那麼大片窗，卻又因為隱私而附上窗簾，我不太確定這是巧思還是畫蛇添足。

回到咖啡廳，方太太問了我的時段後，果然要我下週就上工。

生計眼看無虞，我準備跨上腳踏車回去時，方太太卻喚了聲，星媛。

一位穿著制服的女孩走來，假裝沒聽見，準備彎去另個方向。

「星媛，跟妳說，這是下個禮拜要來工讀的姐姐，我可以叫妳筱棠吧？」

方太太揪著女孩的衣裙，向她小聲交代，說之後趁我工讀的時候，如果遇到我有空，不會的功課可以問我。

那女孩並不領情，穿過民宿招牌。

福緣居幾個字被燈籠紅通的光澤潤得詭亮，剛被錄取的我難以婉拒這種請求，只得笑笑說好。

筱棠姐姐，這題。幼細手指敲著考卷，問我怎麼解題。

類似的問題我解釋過好幾回，但只要題目換個說法，星媛就會陷入新的漩渦，苦思不解。我的工讀生活不知不覺變成她的私人家教，系上朋友聽了都勸我該找真正的家教工作，時薪高。

領工讀生薪水卻做家教工作確實讓人不悅，不過那也是我自己挖的坑。

第一個月，我只需做好點餐、出餐、清理的工作。直到入秋時節某個週五傍晚撞見星媛後，她便似找到一條線，扯住了我。

那日，一個客人都沒有，也不見方太太。我照例進吧檯準備開店工作，清洗咖啡機時，雪銀機身反射出的身影令我怵然。

原來一直有人在店裡，那是誰？湊近，穿著制服的女孩將頭埋進沙發裡，一動不動。

我試著搖了搖，依然沒有動靜。

這反應讓人有點慌，我下意識左搖右晃，對於女孩為何要維持古怪姿勢心生不安。隨著她穿的百褶短裙晃了幾下，她猛然拔出自己的臉，有點沒好氣。

「幹嘛？」

「星媛？我才想問妳，妳在這做什麼？妳這樣會把自己悶死！」看到是星媛而不是什麼奇怪的人，我心中大石暫時落下。

「啊就考不好咩。」撥動頭髮塞了耳後，手又旋即弄了亂，她看來不是普通懊惱。

「再努力就好……。」話說一半，我意識到這個小女孩噘嘴的神情可能不單純是成績問題，現在我說再多都碰觸不到她真正所需。注視著她因為將自己埋了這麼久而急促的呼吸與泛紅的眼眶，心念一轉。

「妳還記得我吧，我是在這邊工讀的鄭筱棠，妳可以叫我筱棠，加不加姐姐都行。以後如果功課遇到不會的，我沒那麼忙的時候可以幫幫妳。」

「真的？」

勾了手保證後，她馬上直起身體，拿上書包，蹦蹦跳跳找了張桌子，招手要我過去。她咧嘴笑開，露出小虎牙。

那是我所見過，特別純真無憂的笑容。

隨著迎新活動一個個畫上句點，系上功課也越來越重，打工開始讓我疲累。尤其正值冬日，迎著寒風騎腳踏車，凜冽迎面刮人更刮送著雨水。

雨暫歇時，霧氣從腳邊擴散，山嵐在日夜交界時漫漶，我成為整條馬路上緩慢而零星的頓點。我常想著該怎麼把頓點拗成句號，然而我身上已經有了一個國中小女生的期待。我煮咖啡時，她說話。我清理杯盤時，她也說話。她下課後奔來向我說話的時間，多到讓人苦笑。

雖然越相處越能感受女孩天生令人憐惜的氣質。

除了瘦，星媛臉部五官和輪廓予人一抹纖細輕靈感。她不笑時的模樣，偶然幾個霎那，使我聯想起第一次見母親捏塑紙偶，全靠著巧手層層疊糊慢攏出立體感。進行過程費盡苦心，完成後更得小心翼翼，因為纖巧易破。

我接手捧上了，對待她就跟必須輕輕安放的紙糊人偶般。這樣比喻很怪，畢竟委託我們家做紙紮的，最終都是要燒去化掉的。

還好，星媛笑起來除了虎牙，突出微紅的蘋果肌和酒窩也十分生動，這些絕對跟紙紮人偶萬萬不同。

因此我願意按捺情緒，以一個大人的身分逗她笑，她一笑，就離我的錯覺越遠，她就是個真實的人。

在福緣居工讀的這段時間裡，我老覺得方太太是個謎。

每回在咖啡吧檯區巧遇，她都會主動展開話題，卻又急急在我的對話中轉彎。問起星媛的爸爸，方太太宛若被人抽了骨，盈盈端妥的表情塌了一角。我不經意問起星媛的學習狀況，她便笑著問我，是不是想加薪？

我說是，很可能會把自己推向不是。如果我說不是，方太太就會把星媛再放在我這兒多一點。

我不介意幫星媛，可是這種摸不著邊際的對話方式讓人透不過氣，就像我不明白為何選擇這些閩式古宅之餘，又偽仿日本現代建築元素。先費勁闢了偌大落地窗，又設置所費不貲的遮光窗簾。

這些稱不上謎團，但足以使我頻頻想著放假。因而冬至那日，我早打算請一天假，和系上同學一起聚聚吃湯圓。

然而傍晚時星媛打來的電話次數多到讓人擔心。

回撥幾次無人接聽。

有點奇怪。

臨時起意，死皮賴臉央求學伴趙任杰載我去。我對他挺有好感，或許他也知道，所以隨我指著沿路晦暗燈火，一路把我送到福緣居門口。

他掀開安全帽套，問要不要在這等我。

我盯著他的眉，安靜的遠山，眼睛則是將有升空的星。還沒出現，但我知道會排列展現，但不是今天。

握了一下他的手，準確來說是手套。

我不知道你要等多久，還是回去吃湯圓吧，民宿老闆會載我回宿舍。

編了個藉口再三保證，趙任杰才催油門離開。

當他的車尾燈閃逝消融於盡頭，我意識到這裡的冬夜會讓天地間的顏色混濁成湯。烏黑迷魂，宛若隧道。

天冷得很，戶外咖啡座半個人也沒有，空蕩得可憐。我逕自入屋，環視緊閉窗戶下，先是對上懵然的眼，後是一雙手臂朝我抱過來。

「嗚，怎麼辦，我媽叫我明天跟她去教團，怎麼會這樣？她一定偷看過我的手機！」星媛一身家居睡衣，頭髮半濕不乾，袖口褲腳卻沾著泥土，嘴中喃喃不歇。我看著蔥白泛黃的十指，心裡猜出幾種可能。我試圖讓她先冷靜些，至少吹乾頭髮，再慢慢跟我說。

「不行不行，妳要先替我想辦法，我媽還有那堆阿姨都會來。」

我認識的星媛除了功課跟方太太，其餘的事遠比我想像得勇敢。前陣子她說自己要向喜歡的女生告白，說完的隔天就天天傳訊息向對方釋出好感。兩個小女生在一起了沒，我不知道，不過方太太或許跟我一樣，都發現星媛最近不太一樣。

沉浸戀愛的面孔。

說話和思緒這麼輕飄的方太太，我很難想像她會對陷入戀愛的女兒做什麼恐怖干涉。

好說歹勸讓星媛去吹頭髮，我一面幫忙收拾打烊。

關上門，我的任務便是專心聽她訴說。她所說的，於如如不動的場景中揭開新幕，在我不曾想像的空間重新滑開藏在背後的暗景，我只能試著攀附她接下來所說的一切。

改建閩式建築是星媛爸爸當年的主意。她口中的爸爸已經離家，行蹤不明，她媽媽不准她打探，之前只要發現她有類似的念頭，就會痛罵一頓。她說爸爸自從執意來花蓮開民宿，砸下一大筆錢，全家只能跟著移居花蓮，一起當民宿幫手。壞就壞在，爸爸什麼也不商量就依照他那個建築師朋友的意見來改造。從那時開始，爸爸和媽媽就有吵不完的架。她印象中媽媽很氣這種破壞風水的事不跟她商量，爸爸認為這才有商機。

最後是商機贏了風水。

星媛表示她媽媽不情願也得接受，民宿開張後，生意很不錯，有陣子客人絡繹不絕。

「後來呢？」

她尷尬一笑，說是有次媽媽跟她的朋友去度假，她在畢業旅行，只剩爸爸留在家守著民宿。媽媽提早回來，撞見爸爸不但沒張羅住客需求，竟然還讓她撞見他正在偷情。

「在自家開的民宿搞外遇。我媽要氣死了，決定跟我爸離婚。離婚之後，我爸像人間蒸發，沒留下半點訊息。至於民宿的生意，我媽就不像以前那麼積極了，加上接著幾年附近民宿跟開花一樣，多得不得了，跟妳說喔，好多都比我們家豪華，還可以看海景。」星媛吐吐舌，「所以啊我們這間就是妳現在看到的，沒什麼人。後來，我媽加入一個什麼宗教團體的，她又變了個人，一天到晚去聽師父說法，民宿根本沒在經營好嗎，以前聘的正式員工都遣散了。後來因為我媽幾乎挪不出時間來管理民宿和咖啡店，跟她說了好幾次，她才請工讀。」

彷彿覆述一則新聞的口氣卻洩漏著寂寞，這女孩的青春心事沒有家人可以訴說。一旦她開口，又是不可思議地毫不保留。聽著這一切，我卻越難分辨她真實的心情。越說，她的神情越平穩，似乎在焦慮的高峰找到叢草掩蔽的一條路，順著路走，讓我也跟著看見她沿途所見。而隨著路越走越長，我也感到身心張力到達極限。福緣居的燈光一概昏暖，冬至深夜尤其薰得人眼迷濛。

好晚了。筱棠姐姐，妳要不要直接睡這？

星媛驀然拉住我的手，將我引向一扇舊木門前。我確實感到倦累交加，這是個沒吃到湯圓的冬至。帶著睏意進入後，樓梯下方有一面布簾遮擋。她替我拉開，有一頂小床，有燈和小櫃子。

這是小時候我睡的地方，妳就在這好好休息哦。

我拉上布簾，躺平，立刻就沉進不醒人事的地步。直到第二天醒來，我都還感覺得到渾身滯黏的睡意。一整夜蜷在小隔間，棲身暗黑，似乎釋放了侵入體膚的倦累。

踏出房門，正要步出福緣居的正門，許久沒見的瑪爾濟斯暴衝到跟前，旋即，牠一面後退一面對著我吠，其豆大鉛黑的眼仁鎖定了我。

喂，乖乖，乖乖小聲點。

我想對牠示好，牠呶呶外露的牙齒絲毫不願收回威嚇。

好吧，我離開我離開。哦，乖乖再見喔。

我試著緩緩退出牠視線範圍，這才一轉身瞥見方星媛站在身後。她只披著薄罩衫，站在門廊微笑地看著我。眼神與平常不同，更是迥異於昨日。

整座民宿其後的雲翳大規模遷徙翻動，我向她揮手，親切地，她仍僅維持住笑容。嘴角延長的弧度，柔柔彎成一種解答。

一綹垂下的髮絲，引著我留意到她的髮圈跟我的一模一樣，而我——我摸了摸頭髮，披散雜亂。

記憶突然擾動，我想起昨夜幾乎毫無知覺的身體，髮際，後頸，頸椎，腰椎，整條脊骨，股溝，在神祕的黑洞裡，彷若有什麼輕擾過，又收回。

像是絲線。

神經迴路重搭一次，夢的底層湧出新的發現。

有雙手像對待最精雕細琢的藝術品那樣，一層層糊住我的意識，替造了我的肉身與感受，記憶中隱約猶疑的體觸不是夢。

以為昨夜睡得像蛹。不是？不是。

我的雙腳先於我的焦躁，開始跑了起來，恍惚能甩開黏於四肢的絲線，糊張於面孔的意念。

離開這。連再回頭看一眼都沒，這念頭帶著我，像要劈開前方的路那樣跑著，感覺整個天空都暈開來，澈底失去了光。

妳在嗎？妳在嗎？

一縷女孩的聲音，聽來模糊又遙遠，方位不明。

妳聽見了吧，是我。

對方好像非常肯定我聽見了，陡然聲音黏貼耳膜，蝶翅一般拍振。聲波俯入耳道深處，進入腦髓，輕柔畫著虛線。

姐姐，妳不認識我了？姐姐。

聲音撬開了嘴，一股迷烟從嘴到鼻腔攀入，掐在我的呼吸間。

呼吸起伏的節奏被更大的力量改換過，吸呼呼，吸呼呼，變成刷拉拉。刷——有什麼從無意識的邊界拍打過來了，再一波，滾來大量光的粒子，匍匐作響。刷——極淵底部騷動的，又要襲來。

姐姐，我就在這裡。

一道影像擊向突然看得見的我，那一瞬間我確信我看到了什麼，同時，我醒了。

醒來時，格外腰痠背痛，原來是我直接在店內地板睡著。

熾亮電燈泡照著我幫忙紮的神明座騎，溫元帥乘坐的象。銀白象身顏色黏貼和形體完成了修整。打了呵欠，周遭全是學期結束返家以來，我在店裡幫忙製作的紙紮。家裡好不容易接到大廟訂單，全得在春節前趕製完畢，春牛須於農曆年間放在廟裡供信男善女撫摸討吉利，廟內醮典須用的老君、天師、北帝、康、趙、高、溫四大元帥，山神帶騎、土地帶騎的紙紮神像，醮場外也需要布置翰林院、同歸所、招待所、沐浴亭、金山、銀山、經衣山、六獸山等，因而店內幾乎塞到走不動，隨時轉頭，都可能撞見近身的紙紮。

製作紙紮神像須特別費心，除了身形準度或關節彎曲呈現的姿態，靴子、神器的比例，座騎高度，衣襬、袖口和摺痕如何呈現飄飄駕霧之感，這種細膩活只有媽媽、大舅和以前幾個師傅做得到。不過，我還是能多少幫上忙。在這個家長大，該有的技能，劈竹條，捆竹篾，打濕白紙抹漿糊，我和大姊的童年時光都在忙這些。

沒想到，去那麼遠的地方讀書還不是得回來做這些。我心裡嘀咕，可是也自知滿手來不及去除的白膠痕跡換一個完整之作，能慢慢感到踏實滿足。

對比之下，懸在心裡空颼颼的是腦內那道聲音。我苦惱於它從何而來，為何會找上我？

沒有誰會叫我姐姐才對，而我的親生姊姊人在英國唸動畫研究所。她說自己絕不繼承紙糊店，說得斬釘截鐵，差點把媽給氣死。所以做醮這等大生意，媽也沒想跟我姊說，雖然我覺得最主要的原因是怕我姊花機票錢吧。

思緒兜來轉去，沒個去向。

我起身翻了日曆，拉開鐵門。凌晨的街上陸續有小販前往市場，小貨車和攤車聲會聚，忙著卸貨，開燈和整理的人潮也多了起來。一格格空間逐漸填了人與貨，臨時的交易舞臺在日頭下升起。我隨之走了過去，想在鬧熱的街市裡買個早餐，填個肚子，再想這是怎麼回事。

過了馬路，很快買了滾燙的豆漿和燒餅。

將要穿越時，站在對街的我注視前方，車輛穿梭，目光不自覺靜止在萬隆糊紙店招牌上。自我童年時期就存在，白底紅字的字樣褪色染灰，招牌的燈還亮著，只是在益發輝亮的日光下，很難看出點亮電燈的痕跡。

這一霎，媽媽走出門來，睡眼惺忪。

筱棠？她朝我招手。光線劈射下，看得出她的肩頸又駝了一點。

站在那幹嘛，今天還有很多工作。

熟悉的聲如洪鐘。

喔好啦。

農曆年確實將臨，很快便是回返東岸讀書的日子了。我支起鐵門，滿屋子的紙紮神像一下子讓陽光炫照出更富彩度的神態。還沒開光，尚未請至醮壇的神像們這一刻鮮活無比，祂們與製作祂們的凡人肉身位在一處。

沒來由地，這個片刻使我想起許久不再憶及的那夜。

事實的真相還未見光。

那不重要了。

幸運的是，忙著日夜製作人偶神像的我將這批神像送出萬隆糊紙店之前，都還能宕著，毋須面對這些。

開學第一天，系辦助理叫住我，鄭筱棠，妳的電話。

接過一聽，是方太太。

「那個，筱棠，是我，方太太，我聯絡妳好多次，可是不知道為什麼都顯示空號。真的幸好，我想起妳的履歷，妳記得嗎，妳來應徵時留下的，所以……，我才打來系辦。沒打擾到妳吧？」

「方太太有什麼事嗎？」我盡量口氣平穩，心想她總不會是要來付我的工讀薪資。

「這樣，這樣說來妳可能不信，星媛失蹤了。沒騙妳，我怎麼找都找不到。」

「嗯，方太太，那妳應該找警察。」

「對，我有，我有。可是我調了民宿的監視器，發現最後一個接觸她的人，是妳。妳對那天發生的事有印象嗎？」

方太太的說詞讓我怒火中燒，不僅是她作為一個母親的失職，也連帶讓我聯想起古怪的那夜，還有一點也不正常的星媛。

「我不清楚，都過了一個寒假，而且我也離職了。」

「我知道我知道，因為星媛很喜歡妳，說妳教她功課後，她進步很多，我看妳們平常也很有話聊，所以才來問看看，妳是不是知道她去哪了。」

翻了個白眼，我表示自己要上課了。方太太這才不情願地掛了電話。

回到課堂，經濟學教授列出的學期原文書單讓全班哀號一片，我茫然無感。教授說的每個字聽進，內心卻仍因那通電話而躁動。

偷拿出手機，方太太和方星媛的號碼老早刪除加封鎖，倒是這才留意到有條陌生訊息出現在很久沒更新的ＩＧ帳號裡。

一則錄音。

湊近耳朵，第一句便將我嚇住。

妳在嗎？妳在嗎？姐姐，妳有聽到嗎？

窗外飄來春天和暖氣息，可我卻因寒毛豎起，不得不離開座位。

我拎了包包就走出教室，按緊手機聽著，聲音忽遠忽近撓得如群蟻亂爬，星媛聽起來不像是我熟悉的那個女孩。

姐姐……我希望妳聽得見。我，現在被其他阿姨關起來，她們……說要幫我去除身上的惡靈。她們力氣好大，我怎麼掙扎都沒用，我剛才還因為咬了一個女的，被打了好大一聲巴掌，我到現在頭還很暈。那個師父說這次一定要讓我改邪歸正，有病吧她？她就是個老女人、臭女人，啊——幹——哪個神經病拉我頭髮，妳們——

嘶吼聲突然被截斷，我重新按了一次音檔，又再次回到星媛那聲可憐兮兮的姐姐。

我有點搞迷糊了。

方太太知道這件事嗎？星媛去了哪？

為了聯繫方太太，我上網查詢福緣居民宿，發現一則火災事故的訊息。照片看上去，咖啡店外的閩式簷角焦黑坍方，水缸破碎一地。新聞報導推測有人蓄意縱火，警方表示仍在做後續調查，諸多疑點有待釐清。

回過神，我撥了還留在民宿頁面的電話，對方接起的聲音幽幽，我向方太太表示，需要見她一面。

方太太很快來到校內，從中庭那端走來的她，明顯瘦了一圈。

我把手上的錄音檔交給她，我以為她急著找星媛，真正見了面，她又顯得行跡可疑，像是早知道發生了什麼一樣，已無當初電話裡的滔滔不休，現在眼神飄搜，也似乎沒想點開錄音檔來看。

「妳不趕快聽一下嗎？」我終究還是開了口。

方太太霍然起身，我赫然發現她短髮中間有塊圓形禿。

她向我點了點頭，握緊手機，沉默離去。

依然那襲寬大的麻布裙，只是垂著頭走路，望著她的背影，像斷了頭的移動人形骨架。

後來，直到我離開東岸回到老家為止，我都沒有再見過方星媛。而我想，一輩子也不可能再見到她。

非我預期，偶然作為一個四不像的家教陪讀，她應該很信賴我，所以曾向我拋出她的求救信。可是，一度在瓶子裡浮沉的訊號，最終仍是太慢抵達清醒的邊坡。

如果說，緣分不僅發生在人與人之間，也有人和地方的，那麼必須責怪我的疏懶大意，使得相逢時的誤解遠深於理解。

大可攤開那夜，指認誤解的根系。

我竟然逃了。

這麼迅速抽離一個少女的信賴，或許更像是藉口。傷害的型態可以是把逃離當作傷害包裝起來回贈給她。

這是我無法原諒自己之處。

並且，她亦無法真正的原諒我。

星媛的身體最終火化了。她的死訊想必那日方太太早猜到，自己女兒死在師父的幾個護法手下。檢警分頭逮捕偵訊後，地檢署起訴，向地院聲請羈押獲准。羈押的對象之一，也包含方太太。

新聞一則接一則，死去的不僅有方星媛，報導指出，師父聲稱護法驅邪法力強大，護法的任務是協助將那些迷失的教徒丟入海中淨化。法庭上，他們堅稱這不是謀殺，他們自始至終都待在岸邊，誦唸師父法號，為他們超拔邪惡。

只是，沒有一個人抵擋得住邪靈，一概沉入海底，不見音信。

自稱師父的女人被記者揭底，原來她從未修習過什麼教法，純粹是某日突發奇想，來到一個陌生村莊後，異想天開撰起自編自導的荒謬劇本。每篇關於這女人的報導，我其實都不想看。不慎一瞥，腦海就深印著她嘴角些許潰爛，眼珠混濁的照片，那笑口中，白得發寒的牙齒全是假牙，百萬起跳，全靠信徒奉獻。記者拍攝了師父的住處，乍看挺有禪風，裡面布幔，坐墊，缽，垂掛的宗教飾品寧靜地擺在纖塵不染的屋內，如果初次造訪，大概會真被其中氣氛欺瞞。

每個教徒都說，他們印象中的師父和藹可親，修道場遠離塵俗，讓人感覺心靈平靜。

方太太當時會不會就是被這樣的氣氛吸引住了呢？

我不知道，我也不想知道。

當師父與教徒的司法審判進行時，我曾偷偷回去一次福緣居。遭惡火吞噬的不祥之地，我也不懂自己為什麼選擇再回去一次，可內心終是擱不下這個念頭。

福緣居不再是福緣居。

我踩過滿徑落葉，繞過動物糞便，頹圮焦土，來到民宿後方。令人意外的是，它們並未全毀。至少，我曾住過一晚的梯下小間沒有。

火吻過屋外的一切，唯獨沒有澈底毀去這裡。

我躡步向前，動手拉開厚重的布簾，發現這個小間被收拾得十分整齊，彷若在等待下一次有人造訪。我的腦中自然而然地冒出星媛歪著頭說話的樣貌，對我做的每件事都好奇。她的好奇那麼熱烈，反倒推著我主動扮演起嚮導，為她重新布置一場漫遊，引導她在寂寞的無意識山海間，再度啟航。

不只一次，我不解星媛在學校遇見的老師、同學，沒有一人能夠作伴？又活了幾年，我似乎恍悟，作伴必須是自己主觀認可的，才能真正算數。

在焦壁灰燼的屋內待了一陣子，直到鼻腔盡是塵埃才離開。同樣是冬日早晨，我抬頭望向屋頂平臺，清灰色調漬上了壞毀的氣息。壞掉，然後遺忘。

某天，我一定會遺忘這個女孩，就跟所有漸趨淡忘的名字，她會成為我一面走，一面灑落的揚塵。

塵埃都是拆卸的名字筆畫。

化為塵埃之前，必經幾次大水，使它長出青苔，又焚起幾場大火，看它脆化跌塌。

荷香，桂樹，新栽的櫻花，不遠處種菜的田畝，極遠的山稜與嵐霧。

一排磚紅色的閩式平房，看著透光良好，寬敞舒適。房內布置則是現代風，一間咖啡店，一間臥室，一間書房。書房裡有處特別小巧可愛，能窩在沙發床上，拉起布簾。待在院子或室內的人還不少，聊天，溜鞦韆，喝咖啡，自得其樂。

它造型平凡，就只是一座純然的住屋。

這是送給方星媛唯一，也是最後的禮物。

媽媽無意間看到這座靈屋，一反常態，什麼也沒問，只是默默指點幾個可以做得更細膩的部位。相比數年前，現在的媽媽像是看開了，似乎打算做到她不能再做就關店退休。

引燃一角，火舌開始舔噬，遇火的山峰田疇，屋宇飛簷，一個個童男童女，一件一件凹折銷損，歪斜著瞬間發黑，委地。風力助勢，沒多久這座重建的古厝便澈底成為地面上飄飛滾動的紙片殘骸。

方星媛大概重新住進她的房間了吧。

即便源自一廂情願的幻想，我的內心還是重獲一股輕鬆。大概從小到大黏在指尖的漿糊，割傷過的疤痕，都是為了獲得這種心情而預備的。

我折返原路，打算步行回萬隆糊紙店。

如平日那般大步快走，可是直到夜裡洗澡我才會發現，頭髮上一小塊燃燒後的紙片。輕輕夾起它最後一秒的餘生之前，我想像它曾一路如蝶翩翩，才能夠這麼停留在我的髮間。

彼端

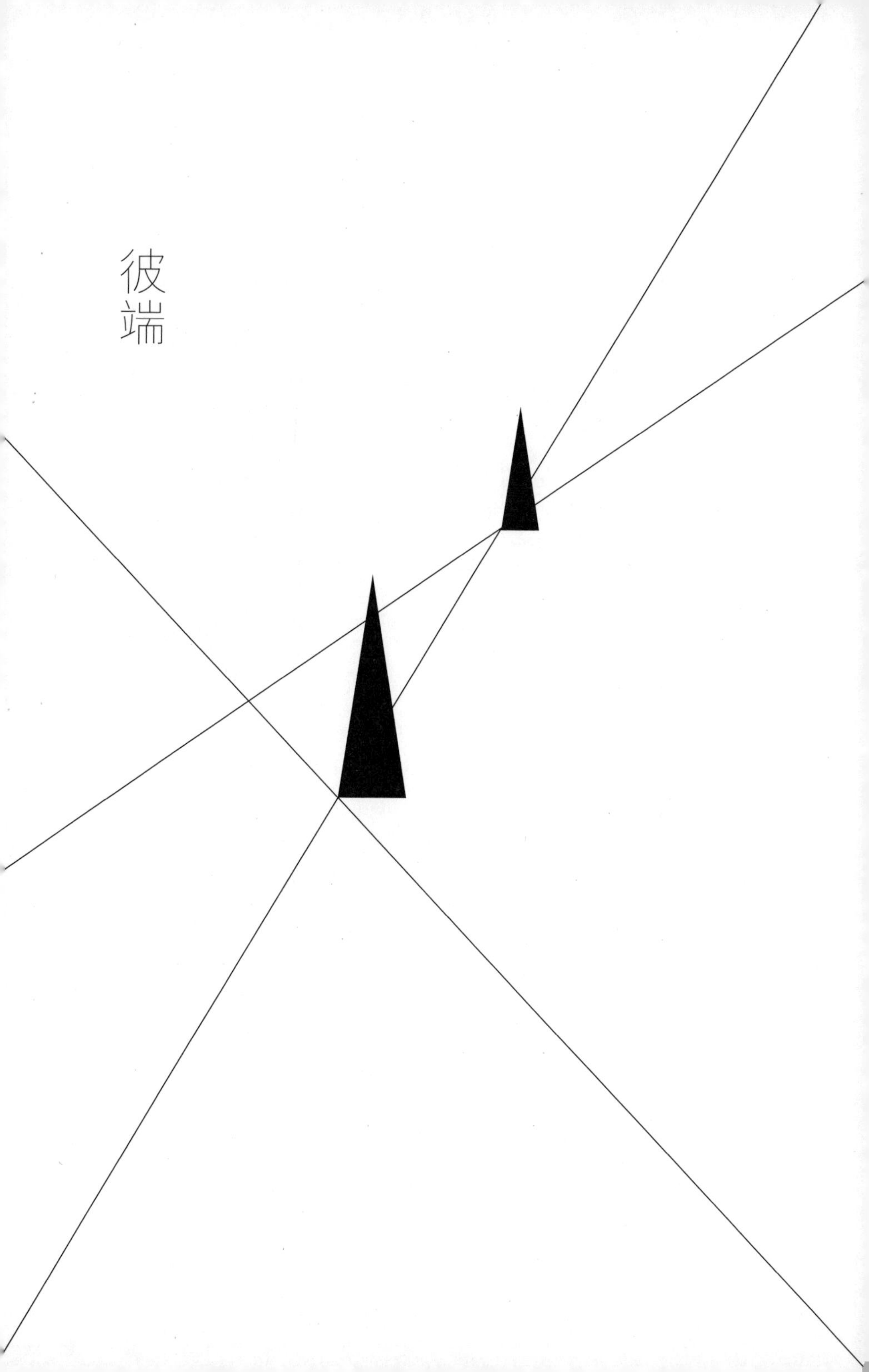

1

第一次曉得准考證號碼的出現這麼迷人。

網頁上某則本無意義的准考證號碼後黏接著邱〇珊三個字，快樂驅使她一秒都沒想，衝出鐵板燒店，撥了電話。另一頭接起的是媽媽。直到幾年後沛珊都還記得，那時晚上九點。

「媽……我考上了！」

沛珊的心臟咚咚跳在喜訊間。

一輛改造摩托車從街邊竄出，引擎嘯吼。紅綠燈號轉換，準備飆速的重機超越其他停等的車輛，赫赫成列，噴射聲響接二連三。

「喂？妳說什麼？喂？」

「我考上教甄了，考上了！考、上、老、師、了。」

才剛扯開嗓門壓過車隊，擾動空氣的高分貝轉眼消失在路面盡頭，此刻她的聲音才是街上最突兀的，左往右來的行人忍不住朝她看了幾眼。她絲毫不感到尷尬，再說了一次。

要她說再多次都可以。

電話換了爸爸接，高興得只反覆說著恭喜恭喜，好似常被唸叨沒路用的自己突然變成一個陌生的，優秀的對象，而邱沛珊眼角嘴角藏不住無邊無際的夢幻感。

她完成這個夢了。

過去七年以代理老師身分收過的各校聘書不在話下，唯獨這張，意義非凡。腦裡滾動著七年來流浪各學校的點滴，巡迴一圈，雙手領了這張金色邊框的正式教職聘書時，她聯想到鋥亮的箭鏃經日日打磨，射向多年靶中心願。

沁上眼角的衝動讓她不得不趕緊捏住自己手心。持續很久的習慣了。

小考、月考、模擬考，一路以來，她累積的優秀成績表現標記於不少獎狀之上。羨慕她的同學絕不知道，這些疊加得越高，也表示她的手心挨了多少打。小學時，一分一下，學校打多少，爸爸就打多少。中學之後，有些校園慢慢不敢明目張膽體罰，老師們的藤條派不上用場，她的老師就轉而打電話到家裡關心。有陣子她迷戀漫畫，成績退步得厲害，幾乎每天都挨上幾下。為了不那麼痛，她學著把手捂熱，拳頭握緊又張開，讓指甲反覆掐進肉裡。如果那天爸爸打手心，她的手早有準備；打她的小腿時，她還能捏著自己忍痛。

這樣就不至哭得那麼離譜。

家裡除了她，還有兩個哥哥，唸書比她在行得多，媽媽老是唸她愛玩，所以功課才不如哥哥們。哥哥們成績的確優異，不管哪個階段都是第一志願，當然沒挨過打。越是這樣，邱沛珊就越不想讓他們聽見自己被揍了之後的哀號聲。

現在，沒人揍她，她握在掌心的是長年努力後的豐收成果。

她起身，以新進教師身分在校務會議裡向其他老師點頭致意。

當這所新學校的陌生臉孔都向著她微笑時，她能感受到雙手指甲緩緩鬆開，掌紋上淺淺癒後的傷口，已經徹底好了。

2

進入這所明星學校任教，除了科目教學，邱沛珊也必須擔任導師。職務不陌生，以前代理時期什麼都做過。

踏進位在頂樓的教室，熱烘烘的開學日，高二學生早就在座位區三兩群聚聊天打遊戲。男女合校的教室裡，明顯飄盪幾絲曖昧，邱沛珊瞥一眼便暗自肚明。

一聲令下動員這群陌生的學生，點名，安排座位，打掃教室。她還未自我介紹。因為待辦事項一道道積累著，新課本堆在指定教室，等人去搬。頻頻詢問幾次，總算有幾隻手舉起，自願去，其餘她又唸了幾個名字，權充支援。

半數同學離開後，她留意戴著方形金框眼鏡，坐在第一排的盧昱鵬紋風不動。坐得這麼近卻沒有動靜，邱沛珊以為他不舒服，走下臺拍了拍他。

趴在手臂上的臉，那對尖細小眼充斥不耐，嘴一撇。

老師幹什麼，性騷擾喔？

邱沛珊嚇了一跳。我只是關心一下你，以為你怎麼了。

盧昱鵬拿出 iPhone，手機黑冰森冷的外殼熠著光輝，對著她，露出一抹隨便又惡趣的表情，老師，妳的表情好酷喔。

拍這個做什麼？刪掉。

略略駝背的他站起身，身形竟是個高個兒，高舉著手機，對她嘻笑著倒退出教室，和走廊搬書進來的學生撞成一團。書散落一地，接著走過來的同學沒留意，踩了好幾本。

邱沛珊蹲下幫忙撿，柵欄空隙處看到盧昱鵬大剌剌走到福利社入口。她臉上藏不住對這學生的驚訝與一絲反感，但多年來的職涯訓練讓她選擇深吸幾口氣，迅速吩咐同學們做好該做的班級工作。

還沒辦法抽空去福利社尋人，首日放學鐘聲便響了起來。

維持百年前樣態的校門很窄，擠向校門的學生們就更像季節性遷徙的沙丁魚風暴，簇向校車、腳踏車和轎車。少子化浪潮似乎一點都不影響這所學校，學生數有增無減，放學陣仗比過往她所待過的學校都龐大。

教學大樓兩側泥塑的字體，勇敢、誠實、勤學、服務，閃閃有光，環繞著一幅極為動人的畫作。

好看吧？這是家長會長號召家長委員們捐贈給學校的禮物。是不是很像那個大師做的？這幅馬賽克如果要賣，嘖嘖，天價。

邱沛珊看了一眼身邊，原來是教務主任。她轉頭回去。說實在，她不知道主任說的大師是誰，也許主任自己也不知道。

主任好。

邱老師，怎麼樣，來我們學校教書還習慣吧？

她腦海掠過方才那幕，回答的卻是，很好，主任，我感覺這裡的孩子都挺聰明的。

能這樣想就對了。主任點了頭，逕自朝校園其他方向而去。

主任真勤奮，還巡校園？邱沛珊想，沒來由打了個噴嚏。

走在椰林大道正中央抬了頭，瞇眼瞧著日頭宛似熱氣球，很近很近地投射熱度。邱沛珊揉了揉鼻子很快離開，日光自始恆續刈著她騎車漸遠的身影。

3

時間很快，隨著第一次段考將至，邱沛珊開始有點苦惱班上的讀書氣氛。她帶的是音樂班，不能跟學科資優的特殊班比，不過但凡開會，旁觀特殊班導師連珠炮的發問內容全都是針對班上學生的成績進步狀態，她不免感到壓力。

每當她試著發言，會議的氣氛焦點總又巧妙地被學科資優的事務占據。這也沒什麼好大驚小怪，老師們一個個超車競速的樣子，透過桌上型麥克風，連她都能品判高下。

這回合科學班贏了。

欸聽說就是淑樺去會長家談了超久啊，果然有關係。

坐在邱沛珊附近的兩個自然科老師竊竊私語，她假裝看會議資料。不過那兩位老師似乎突然意識到她這個外人，就不再私語。

抿一下嘴，嘆口氣。她沒差。倒是下午接連四堂課，體力得撐住。以她曾經代課這麼多年的經驗，上課不是問題。可是，導師班讓她的氣力全耗在提心吊膽上。自從某次上課，班長許淑芳舉手問她教過幾年書時，她才回答完，底下便竊竊私語。

看來是已經上網查過她的經歷。

沒人再多問，而班長許淑芳、副班長阮美甄那群彼此示意，不約而同盯著手機笑。笑什麼呢，現在不是在上課？邱沛珊停下粉筆，淡淡掃過班級。

盧昱鵬照例呼呼大睡。

邱沛珊捏著粉筆的手指擱在課本和他之間，想假裝沒看到。早上才為了他的大遲到，捏著辦公室話筒，跟家長講了十多分鐘的話。

盧昱鵬的爸爸是學校副會長，這件事是她不對，後知後覺。

學務主任為此跟她在學務處沙發區說了話，她都聽得懂，只是訝異效率這麼快。

「妳幫忙盯住盧副會長的兒子就好，他很希望這兒子的高中成績可以進步，以後才能申請去美國讀大學。」油光皺紋在主任臉上交織，她頻頻點頭，盡量不對視。

「拜託妳了，邱老師。」她知道這句話通常不代表拜託，而是像提出早餐店阿姨記得三明治裡的黃瓜別抹上美乃滋這樣的要求。

每次看到睡死在教室桌上的盧昱鵬腦袋，邱沛珊心裡總會嘲謔地聯想到安全帽。他剪了顆厚重地罩住額頭的髮型。班上幾個女生挺愛他的新造型，從她們爭著要跟他一起放學就曉得。經常睡覺的他，成績只有一科英文好，其餘都需要補修。

早在帶班前，同科同事跟她說過，帶這種班，安全下莊就好。

她還不懂呢，當時。

讓粉筆再度回到黑板上，底下願意清醒聽課的人寥寥無幾。而豎在教室後排的樂器盒反而直挺抖擻，她曉得這才是他們最願意花時間的科目。

邱沛珊努力上揚表情，在心底替自己打氣了一下，可不能剛考上正式老師，就這樣打退堂鼓，被趕下講臺。

揮舞在黑板的整齊筆跡，仔仔細細張弛筆畫和版面，解釋著溢出教科書外的知識。幾個難得沒睡覺的，偶爾抬頭，再繼續彎如鴕鳥。

下課，放下粉筆那剎，邱沛珊總感到累。想跟振源聊聊關於正式老師資格的滋味，才想到他們已經分手了。

4

當年沛珊與振源繼續在一起也不是不可以。

振源甚至替她訂好了飛東京的機票，說是研究所終於迎來春假，邀她去賞櫻。新聞報導還停留在日本上一季的大雪圍困了幾百輛車，他說了，櫻花不見得有，但是有他。

她跟振源交往了整個大學生涯，班對。畢業典禮上全班替公認將會最早結婚的他們詭戲出一小段偽求婚影片。

影片中，大家不知哪裡廣蒐來的迎新、送舊、系上舞會、登臺報告，還有他在系上發起的一次小型藝術祭。那次讓所有參與的人都累垮了，說是藝術祭，能動員的人不到十個。振源堅持要放在十二月，說是能當作聖誕系列活動。他們自己搭活動帳篷，代售小件藝術品，設闖關卡，弄了露天影展，到後來振源一人身兼會場主持，攤位經營和盯著每場器材和作品。她也跟著忙於布展事宜，協助控緊每場細節。

影片中的她，風吹得短鮑伯頭亂糟糟，手上都是顏料和黏膠。振源的T恤被他自己剪了好幾個洞，正在彎身調整燈光。鏡頭來回對準他們，振源只是無意識喊著，明天開幕順利喔耶！而她用手指假裝掐住自己，伸舌頭表示累壞。那時的他們，再累再熬夜都還是膨潤嬰兒肥。鏡頭後的聲音是小八，他鼓譟幾聲，她便偷偷走到振源身後，衝上環抱他的脖子。

地燈光線整個歪扭，他轉頭親了一下她。這幕留在老式DV畫面中，重播來看，光線都在他們擁抱的身影之外，畫面晃動還摻雜小八的哎唷聲。本以為消失無蹤的悉數回來。插著蠟燭的蛋糕，飄在寒風中的生日快樂歌，他比她笑得更高興。

當時她才恍然明白振源選擇藝術祭日期的理由。

戴著學士帽看著這些，沛珊特別感動，環顧周遭每道穿著學士服的身影，她有點走神，這些畫面不停被推著，他們每個人都是。

推到能夠穿上這身畢業服的年紀。

影片細節也推她進入差點想求婚的氣氛。只是，他們的抉擇跟大家預想的不同。她的下一步，去實習，而他早早決定了語言學校，飛去日本準備進修。

東京藝術大學國際藝術創造研究科。她看到振源遞過來的簡章時，七月到九月間一連串的書面資料審查、外國留學生入學考試、口語考試，沒有空檔。

「這個研究所課程有不少外國教授授課，妳看，還有一欄要求 IELTS 或 TOEFL 成績。」

振源邊解釋邊打了呵欠。沛珊知道他從大二開始就籌畫日語考試，每個約會日都安排逛展覽，沒事就瀏覽收集各國策展訊息，沒想到除了這些，還需要高標準的英文檢定。振源耗在這些的精力遠超過本科系，因而系上上課他一概癱死在座位上，有時連教授點名，他泥塑般一聲沒回。

怪人。

不少教授都曉得系上有這麼個學生，不選美術系，進了中文系卻一天到晚做些完全無關的努力。對同學們來說，他是有趣活躍的存在，藝文通。要找什麼展覽，看什麼電影，問他就是。

這樣的人，竟然會跟每堂課都不缺席的自己交往。邱沛珊的朋友一直很好奇這事，她回想自己搞錯展覽地點的插曲讓他們意外變熟，第二次在法國電影新浪潮影展相遇，她要進的影廳是楚浮的《四百擊》，而他買了高達的《斷了氣》。

他迷上電影最後那幕，輕狂放浪偷車殺警的 Michel 意興闌珊地向 Patricia 說：「不了，我累了、不想跑了。」本該逃跑的男主角，最後被射殺於路上。

振源模仿男主角最後替自己闔上雙眼的動作。她覺得好笑，也做了一遍。

他定定看著，要她也學學電影中最印象深刻的一幕。

她認真了。指著影廳外的一處權充大海，朝著虛構的海跑去。少年安端逃出感化院的眼神有如鞭子，即使她不跑起來，在目擊孤絕不動的少年目光後，她覺得自己便無法忘記。

跑到海的那端之後。一股尷尬湧上心頭，她草草揮手說再見，不過振源一點都沒笑。

很酷。妳這樣很酷！妳是不是有學過表演？

隨興把外套綁在腰間的打扮，正經說著。這個瞬間，她感到這個人或許跟她先前認識的所有人都不一樣。

喜歡不分順序，她先喜歡上對方的沒錯。一開始她被他的獨特吸引，後來，一起尋覓生命重疊相似之處，由小部分逐次交集在這座大城市的音樂、電影、畫展，又發現了共通點。

不過，很快地，他汲取的知識量隨著踏足過的領域而倍增。兩人對話時，他開始熱衷引用她不懂的專有名詞，桌上擺放的艱澀理論書籍越疊越高。她知道他不擺設，振源對於有興趣的事物會不斷撐開自己的知識界線，全部吞下。

她嚮往這種狀態，心中卻仍選擇順服爸媽盼她拿書卷獎的期待。兩個哥哥一個在德國，一個在美國，拿全額獎學金讀書，優異形象深烙已久，爸媽也習慣掛在嘴邊。哥哥們回家的機會極少，唯一常回家的她，在餐桌上被問到的話題更加不可能跳脫讀書、成績的範疇。沒像哥哥們優秀的她，仍舊藉由刻苦努力拿了不少次書卷獎，她自認對學術還是有點天分的，打算大學畢業後繼續深造，不去日本，就在臺灣讀研究所。她確實喜歡藝術，可是一開始她就沒敢拋掉手上的，所以也未能找到如振源那般值得全心投入的領域。相較之下，選一個大學相同專業的來讀研究所，容易得多。

算是一條能離振源近些的路。話題相近，至少。

大四寒假回家，爸媽給的催促卻與成績無關。

沛珊，新年快樂，媽媽祝福妳順利找到工作。

吃年夜飯收下紅包時，她聽出媽媽的意思是，妳知道現在工作很難找吧？

媽媽說話的方式，隨著年紀她才慢慢聽懂，聽起來像是誇獎的話，實則隱藏對她的規誡。媽媽對什麼都有一套標準，她試過反抗，之後繞了遠路，又得回到媽媽認同的軌道上。對女兒的人生擁有程式設計般的掌控，總是知道如何計畫她的下一步。不包含兒子。哥哥們的人生比她自由多了，她知道卻不明白。

爸媽都是公費出身的國小老師，五十歲退休，晚年無虞。媽媽屬於那些嚴格家長們喜歡指定的老師，爸爸則是辦公室藤椅區泡茶高手，迷上體育頻道就是那時養成的。

沛珊看著正在看體育轉播的爸爸，這是他最大的嗜好，而他對真正去戶外運動興趣缺缺。在家中負責執行處罰任務的爸爸，確實讓她的成績維持不墜，但不需要再做這些的爸爸，好像連帶對她的人生失去興趣般，全不過問她大學畢業後的規畫。突然撤出遊戲角色的爸爸與一手規畫遊戲的媽媽，她打電話向振源輕輕嗔怨過，卻得到，本來自己的人生就要負擔這些，這樣的話。

那年的年夜飯吃得格外索然，她沒繼續工作的話題，因為爸媽已經接通哥哥們的視訊電話。隔著太平洋的二哥身後有一群朋友，他的聲音洋溢興奮。我跟其他研究生在聚餐，哈囉，爸媽，新年快樂！

畫面切換到大哥，他在一家酒吧，只見他緊摟著女朋友，向鏡頭揮手，爸、媽，恭喜新年啊，我和 Amy 決定結婚了！

結婚？

站在視訊鏡頭範圍外的她暗暗激動。可是爸媽卻樂呵呵地湊近鏡頭，幾乎都要把自己擠進螢幕那樣向大哥女友打招呼，跟著叫她的小名。媽好像很滿意，直說婚宴一定要在臺灣補辦。

沛珊後來才曉得，大哥從交往後，常常跟媽匯報，還特地多次自德國寄禮物回來。媽滿意得很，尤其知道大哥已經取得在大學任教的機會。

「爸、媽，我會幫你們安排好機票，到時來德國一趟，見見 Amy 的家人，我們聚一聚。哦，沛珊有空也可以一起來。」

沛珊聽見自己被點名，訕訕地說，就看到時是不是有時間了。

回到臺北，大學階段的最後一學期，不只振源忙得不可開交，她也為了準備找工作而忙碌。確認實習學校，整理教檢需要讀的科目，聽學長姐的返校分享。這些與她的家教交織一起，她幾乎快忘了準備研究所的事，亦沒時間跟振源見面。

畢業季後，班上一半的人選擇繼續讀研究所。

留給她思考的機會轉瞬即逝，倘若留在臺北讀研究所，彷彿就是以媽媽的焦慮當作交換。

她向來無法安撫這種事，硬著頭皮去應徵，這是當年站在畢業分岔的選擇。她不是楚浮電影中那個逃跑的安端。

她還是知道自己該去哪。

唯獨讓沛珊後悔的是，怎麼沒答應振源，一起在東京賞櫻呢？

這個跟那些微渺的工作機會相比，重要性不言而喻。

可是她反覆跟自己說，等自己考上，就能立刻去日本跟振源團聚。這個念頭到現在都還是，而且成為一條時不時重複輾壓的軌跡，一旦她煩躁，就會浮現。每每不由自主審視這條軌跡，循著它走，走著走著就會來到空空如也的截斷處。再往回，也同樣沒有別的出口。只要還有記憶，這條軌跡就不可能消失。

振源在日本留學的生活比準備考試階段辛苦多了，可是他們還保持聯繫時，他語調中輕微昂起的速度是全新的調子，讓她不禁羨慕起來。他好像拿到一首她從未想像過的全新曲式，嶄新到超出她的理解。相反的是，她拿到的曲譜好像也很難，但不有趣也不喜歡，也沒辦法跟振源分享些什麼。他們是同班同學，她知道的他就是討厭這個科系傳授的東西，才這麼迅速轉身去另一個毫不相干的領域。

與其在電話裡要分享這麼無趣的事，沛珊就覺得不如聆聽就好。

擅長聆聽是她的長處，聽仔細了，聽出重點了再回話，避免出錯，這讓她安心。交往這麼多年，她自覺化身樹洞，聽著振源說他想分享的，她也一向喜歡。更多是羨慕。

帶著悵然羨慕著振源，他倆間無形的通訊絲線隔著海洋持續收受，實際上就算他沒出國唸書，他們之間的距離也會越來越像各自所在的地理位置，除了遠，他們選擇之路遭遇的颱風巨浪就夠疲倦了。

沛珊沒有提分手，她向來是聆聽的那位。只不過她聽見命運擘出一條線，不管她日後後不後悔，它都必然存在。

5

讓學生家長堵在電梯口，遲到半節課這件事傳遍辦公室。

那日，西裝筆挺的身影態勢雖不到洶洶來襲，攔住她的方式卻很冒犯。邱沛珊剛伸出前腳要踏入電梯，一手忽然擋住她的去路。她轉頭看向對方，是個她沒見過的大塊頭中年男子，有著啤酒肚和刻意打理過的油頭。

「請問是邱沛珊老師嗎？我是盧昱鵬的爸爸。」沒等她回應，他繼續說：「我方便耽誤妳一點時間嗎？我要談談關於我兒子的事。」

手裡抱著整疊講義的沛珊看了一眼爬樓梯的幾個女生，她們明明看見自己手裡忙不過來，卻沒停下腳步，逕自上樓。

「昱鵬爸爸想討論什麼？」她深吸口氣。

「老師，我很想知道，為什麼他第一次段考獲得的成績這麼低？」

「是這樣的，分數都依照學校規定計算的，平時考和段考的占分學生們也很清楚。」

「真的嗎？那我怎麼沒聽說。學校不是應該主動跟家長說明詳細一點，好讓我們可以隨時掌握孩子的狀態嗎？」

「嗯，不好意思。不過，請昱鵬爸爸確認一下，學校網頁成績頁面顯示他的開學考是零分，再加上他的段考分數……」

「這就奇怪了，我有要昱鵬讓我看過每張考卷，怎麼可能是零分。」他完全沒想接過來確認。

「昱鵬爸爸，我沒有必要騙您，他的考卷我也留著。您等我下課後，拿給您核對一下。」

「不必了！」盧昱鵬爸爸的怒氣不知何時從悶燒順勢衝出火焰，「從他上高中以來，我就常常看他在家裡讀書，老師妳要求的作業，他也都有做。不是嗎？妳怎麼不幫昱鵬考慮一下，他已經夠努力了。」

邱沛珊明顯感受自己正盡力壓抑將講義扔在這個爸爸身上的衝動，「我知道他有努力，但是……」

「對啊，老師妳自己都看到他的努力了，應該是可以適度調整他的成績比重吧！」盧昱鵬爸爸自始至終的大嗓門沒停過對兒子的特權主張。

這對其他同學怎麼公平？她想這麼反駁，同時也留意盧昱鵬的爸爸已經耽誤她的上課時間十多分鐘了，這令她更加焦慮。

「真的很抱歉，我現在需要去上課，再跟您另外約時間好嗎？」

「那就不用了，我找時間去拜會你們主任。」

他邁開步伐頭也不回地離開，對於耽擱她的教學時間完全沒有半點歉意。

邱沛珊到教室時，有人忙著牽手耳邊絮語，幾個女生搖晃著銀鈴般笑聲在教室追逐。教室走廊掉落好些考卷和講義，路過的腳印直接就踏在上面。瞥一眼，有些是她編的講義。

她慢慢鬆開抱著講義而發麻的手臂，彎下腰撿起一張，明顯的鞋印橫跨整張講義，上面一行筆記字跡都沒有。半晌，她把它收進了課本裡。

剩下二十分下課，這堂課才正要開始。

6

沛珊，教務主任找妳。

同事接了電話，壓低聲音像是知道了什麼。

她那時還不曉得，昨天盧昱鵬爸爸來找她談話的場面，早被音樂班學生錄製上傳。校內迎面而來的學生看著她，眼神帶著奇特的領悟。

「請坐，邱老師。」主任用眼神示意她可以喝下眼前的熱咖啡。

「謝謝。」

「我就開門見山了，昨天是不是有家長來校內找妳談成績的事？」

「對。班上盧昱鵬的爸爸。」

「副會長中午來跟我打招呼前，我都還不知道發生這件事。」

「主任您是指？」

「邱老師，其實這麼說吧，我們當老師的，有義務清清楚楚、明明白白地讓每個學生與家長都知道妳的評分規則。妳確定自己真的有跟學生說清楚嗎？」

邱沛珊在腦海搜索剛開學的情境，印象中自己確實有說，不過突然被質疑，回答的語氣難免怯怯的，「應該有。」

「我們學校是一所歷史悠久，遠近馳名的好學校，音樂班更是縣內數一數二的標竿，妳知道的。」

「對，主任。」邱沛珊聽出主任想說什麼了。

「那我應該……怎麼處理比較好？」

「邱老師，是這樣的，副會長沒有要干涉妳的教學，學校這邊也不可能干涉，我們一起花點時間好好想一想，對昱鵬來說，他最需要什麼？」

教務主任啜了口咖啡，他看起來跟上回對她說什麼學生很聰明的表情全然不同。這時的他，狡猾又悠閒，狡猾的是什麼都不說，卻篤定辦好該辦的事。

她能輸入的成績欄，現在也是輸入她人生方向的操控鍵。

本來想對這學生寬鬆淡忘些，他的爸爸以身為鐵籬攔下她。這樣的學生不在意老師的凝視，因為他擁有一位更具凝視魄力的爸爸。

暫時退出這些，邱沛珊一人走在校園圍牆旁的側廊，那裡是唯一不太有人通過的地方。

掌葉蘋婆枝條上的圓錐花序，掛滿密集的暗紅色小花落了一地，蒸散出令人作嘔的氣味。她記得這花，以前老家公園旁種了一排，路人避之唯恐不及，沒想到初任正式教職的這所學校也種了不少，她抬頭望著高聳傘形的橫生枝條，星碎綠葉與小花周遭飛舞著蒼蠅。這花結成果，果實成熟後裂開，形狀如唇，又喚做佛陀的嘴唇。之所以記得這麼清楚是公園附近的阿伯阿姨都叫它豬屎花。

對這股臭味印象深刻，她曾特地查了資料，因而發現它還有這樣的別稱。臭屎味。即使是花，校內幾乎沒學生願意打掃這區，她平時也不來。

不知為什麼，現在她是唯一想在這花點時間走走，不惜身上沾染異樣氣味的人。

7

主任約談後的隔週，到班上看早自習時，邱沛珊發現了異狀。教室電視機後方多了一臺監視器。裝設的位置很巧妙，若不是因為播出英文聽力測驗的聲音太小，她根本不會留意到。

不動聲色觀察比對之下，她發現這鏡頭可以攝進全班學生。

沒做任何反應，下一堂去其他班教室上課，她也藉機看了一下，沒有。

傍晚藉機在各樓層教室走動，確定沒有任何一間教室內裝著攝影機。

她本想直接到教務處問個清楚，但想了想又覺得需要再觀察幾日，說不定是她誤解了什麼。

巧的是一回到辦公室，她便接到學務處電話，說是要跟她聊聊。

學務主任是個挺有活力的女老師，教體育，聽說任職主任十多年了。說起話來，不似教務主任眈眈口氣，談話內容卻更使她愕然。

「沛珊老師，我跟其他學務處同仁討論了一下，決定還是要告訴妳。其實，我們接到來自教育局的電話，科長跟我們反映，有家長打去教育局投訴妳。」

「我？」沛珊懷疑自己聽錯了。

「我們也覺得很奇怪，畢竟妳才剛進我們學校，我們也想說是不是有什麼誤會或惡作劇。可是，那科長強調過，不只一個家長投訴。」

「因為……什麼原因？」

「就是科長沒有明白透露，所以我才請妳來。沛珊老師，妳想想看，教學的過程裡，是不是有什麼有欠妥當的地方？像是，說話語氣，或者措辭、手勢。」

「我不知道，我在教學過程裡，從來沒對學生說過重話，也沒逼學生非得考高分或依循我的價值觀。」

「我明白我明白。」主任像是也一腳跌進跟她一樣迷惘的漩渦裡，「所以，對妳比較抱歉的是，我跟總務主任商量過，暫時安裝了一支攝影機在班上。妳不介意吧？」

啊……。邱沛珊恍然看著正擺弄頭髮的主任。

「妳放心！不是永久的，只是因為科長請我們要好好了解和改善。我不清楚沛珊老師的班上發生什麼，所以，如果能錄下來，就可以幫妳一起看看。」

「我了解了，那就這樣吧，謝謝主任。」

邱沛珊離開學務處時，她弄不清自己心中應該怎麼想這件事。只是順手帶上的關門聲有點響，風嚇了她一跳，她知道。

8

自監視器存在那天開始，邱沛珊覺得自己沉默的時間自然而然加長了。本來，她也不屬於表現慾很高，滔滔不絕的那種老師，至少跟她媽媽比起來，她們就是兩個極端。

應該嚴格到會讓學生討厭的媽媽跟學生之間的緣份都挺好，好幾個讀到大學，都不忘來家中拜訪、探望媽媽。媽媽對他們的態度也親切十足，坐在客廳邊說邊笑的氣氛傳到二樓，她聽得愣愣的，自己跟媽媽很少這麼相處過。反倒是她，好不容易考上老師，卻時常在一連串莫名事件中絆倒。這樣的女兒，要怎麼向媽媽開口，至於求助其他同事也不容易，大家都忙，她抓不準人際間可以互相前進的燈號。

至於大學時期花最多時間相處的男朋友振源，現在跟她之間也處於斷聯狀態。

煩躁不已。

心頭不知不覺又出現飆車族才會留下的路面刮痕。

以前怎麼想的？她認為只要擁有一份正式教職，一切就會好轉，媽媽不會唸叨她的工作，面對哥哥們時也能比較有信心。她會擁有自己的群屬，會交到新的朋友……

千思百轉的念頭糾纏著邱沛珊，最後她抓起外套，走出小套房，往學校的方向去。

門口的校安人員見到邱沛珊有點訝異，畢竟已經晚間九點。

她淡淡表示，要去辦公室拿東西。

進入校園，轉了個彎，登向頂樓。開了教室的門和日光燈，她站在監視器前，拿起手機來拍錄起閃著紅點的機器。

手機螢幕裡顯示的那顆渾圓監視器，什麼也拍不到，安靜無聲，什麼也不會透露。錄影了十分鐘，校安人員來到教室外，神色不定地高聲喊她，老師？

她對校安人員笑了一下。

這讓他緊張得險些破音，老師？老師，這棟樓要上鎖，妳得離開了。

她會的。她會的。

9

邱沛珊錄著監視器的畫面，再次在校內瘋傳。

早自習時間，學生手機螢幕裡都是這一幕——她先是盯著監視器，接著拿起手機，對著監視器錄影。

當學生抬起頭，發現她正在做一模一樣的事，舉著手機對準監視器錄影。她的手機儲存容量一點一滴被這些影像占滿，但幾乎見不到她的臉，也看不到學生。

畫面外，有學生冒出嘻笑問，老師，不累嗎？

老師，我們都很乖啦，妳休息一下。

不管是誰發言，她沉默聆聽，一旦沉默，她的聽覺敏銳異常。

聽說副會長打算讓寶貝兒子赴美拜小提琴大師學習，因此，應該亦不需見到他兒子在監視器裡昏睡一整日的畫面吧？

這樣對所有人都好，只除了她還想不到能夠一邊上課一邊對著監視器錄影的方法。

難道該買個腳架，架起手機來錄影嗎？

沛珊的手穩穩的，她可以把那個鏡頭當作注定要凝視她的對象。

或許她該大方點，開個直播，讓更多人一起看著她看到的，說不定振源也會看到。就當作是她拍給他的紀錄片好了，他們以前不是常常討論電影？

振源這幾年專攻藝術策展，說不定，他隨手在網路上點開看了會非常非常喜歡。喜歡到他想起他們都會模仿電影情節的年紀，喜歡到讓時間倒流，她還沒那麼羨慕他的時候。

一閃一閃亮晶晶

因為他似乎真的存在，
的確位居某一顆
較地域性的星星底下。
——辛波絲卡（Wislawa Szymborska），〈一百個笑聲〉（Sto wierszy - sto pociech）

豪豪今天起得很早，他移動屁股下床後，抓著我就直奔餐桌。短短幾步路的時間，他第一眼想看的是餐桌上有沒有早餐，不是的話——
咚咚，咚——咚咚。
他會踢起桌子和椅子，凌亂的悶擊聲代表他已經餓壞了。
遇到需要輪班的情況，爸爸總是回來得晚，鼻音傳出的阻塞聲就跟感冒沒兩樣，在臥室就聽得出來。不過，豪豪感受不到爸爸的疲累，對於開門進來的爸爸一眼也沒看，持續踢著桌椅，直到他看到爸爸將袋子裡的三明治放到木餐盤，擺在他固定坐的位子前，噪音才會停止。

今天，我等待著跟豪豪一起上學。

「上學前，豪豪要檢查書包，穿制服。」爸爸對豪豪提過非常多次。捧著他的臉，慢慢對著他說。

「上學前，豪豪要檢查書包，穿制服。」豪豪狼吞虎嚥吃完三明治後，一再重複這句話。

爸爸起身，小心翼翼替他換裝完畢，帶著他確認鉛筆盒、手帕、衛生紙和水壺，拎起我，將我繫在豪豪的書包旁。

豪豪卻因此想起什麼似的，將我扯下，裝在制服褲子口袋內，不停摸著我。

「熊熊。」豪豪說。

對，我就是爸爸在幾年前的團體課上，被他一針一線縫出來的小熊。

那次聚會中，每個滿面愁容的爸爸或媽媽，不論做出的成品美醜，最後都縫出了一隻熊。我們穿上的衣服都不同，各種風格都有，我的頭上戴著帽子，手上有顆球，造型很運動風，只是嘴巴被爸爸縫歪了。

活動尾聲，我跟其他的熊都各自被捧在手心，排排站，一起合影。快門按下那刻，閃光燈照得我頭昏眼花，彼此不甚熟識的爸爸媽媽們在攝影師的指揮下，努力地笑了出來。

現在這張照片就擺在公寓的玄關處。

這成了世界上除了豪豪和爸爸，唯一能夠證明我存在的證據。

開學第一週後，我就知道爸爸會接到老師的來電。從爸爸緊縮的眉間不難猜到老師的語調和內容。

可是，與其聽老師轉述，不如由我這個每天陪豪豪上學的目擊者來說。

長得比其他同學瘦小的豪豪，第一次進教室時，老師就安排他坐在第一排。每堂課上些什麼，連我都看得清清楚楚。從以前，豪豪就需要我無時不刻陪在身邊。他喜歡反覆摸著我，確認我還在，又喜歡掐緊我，讓我坐在桌子上，因此一旦發生什麼，我就會接到放大版的衝擊。

第一道鐘響響起，豪豪的臉像揉歪的麵團。不只是臉，他的坐姿就跟曬菜乾一樣，我已有不安的預感。

臺上開始教ㄅㄆㄇ，涂老師要大家在本子依序寫下時，豪豪只是盯著某個角落看。

他的表情看起來像夢遊。

「快寫！是不是想偷玩手機！」涂老師突然對著後座一吼，全班騷動著，紛紛轉過頭去。

涂老師示意大家快點轉回去時，豪豪忽然開始叫著自己的名字。

張樂豪。張樂豪。張樂豪。張樂豪……

誰在吵啊？

哈哈，就那個。

他是不是有病啊？

全班竊竊私語。

我的塑膠黑眼珠中，順著光線折射出同學互相耳語的姿勢。我知道哪道聲音之箭趁機射來嘲笑豪豪。而這些聲音彈到空中，竄出野獸般的力量，強行鑽入耳道。於是豪豪非但沒能停止，反倒開始用頭撞起桌面。

一下兩下三下，震得我顛簸頭暈。我沒被嚇到，其他人可就不。

「張樂豪，你在幹什麼？」

涂老師大概也慌了，試著想阻止越撞越大力的豪豪，他拉住身體，可是豪豪不知哪來的力氣，除了掙脫老師，把我揮到地上，還順勢給了涂老師一巴掌。

這一揮，讓快要沸騰起來的全班頓時安靜。我聽到涂老師的呼吸聲一起一伏，一起一伏。

豪豪不撞自己的頭了，嘴中還是反覆唸著張樂豪。

我都不知在地上躺了多久，直到下課鐘響，不知為何低下頭的豪豪才發現了我。跟過去豪豪的老師一樣，涂老師把豪豪帶出教室，馬上打了電話請爸爸來一趟。在電子公司上班的爸爸，不可能隨叫隨到，涂老師臉色明顯不怎麼好看。打完電話的涂老師，沒再看豪豪一眼。

豪豪和我一起待在教室外，而同學一個個上前關好門窗，涂老師全程盯著。

如果可以，我想對那個老師說，不用關門窗，因為豪豪已經鎖在自己的小房間裡了。從我開始待在豪豪身邊，他關住自己的時間就一直很長，長到我懷疑他會不會忘了怎麼說話。

但是，看著這些的豪豪，知道自己被關在外面，他再度生起氣來。這次，他用手拼命拍窗，拍到掌心發紅，教室內的每雙眼睛都盯著他看時，他的手還像節拍器那般持續。

拍著拍著，我以為他那麼費力敲打的是他太空艙的外殼。

他又去太空旅行了。

一個不存在地球的方位，他在其中飄浮。這是僅有他一人能去的太空。

他想回來的時候，也拍打得特別用力。這時，需要有人了解他的意思。

豪豪的表情憤怒，在沒人聽懂他的時候，他還會哭出來。

就在這時，天外飛來的一個旋轉物截斷了他拼命拍打的焦躁。

一個炫麗的陀螺，從走廊底端飛快轉過來。

兩個小男孩你推我擠，抱怨對方怎麼讓戰鬥陀螺飛出去。

注意力完全被吸引住的豪豪拖著我，嘴巴發出哼哼聲，跟在兩個小男孩身後。

他們沒留意到豪豪跟了一小段路，所以自然而然地把陀螺收走。

豪豪又開始激動跺腳。

我也不知道豪豪為了什麼把水泥地跺得那麼響，像是他的腳地很癢很癢，或是那塊地上有個只有他看得見的按鈕。

他又跺又跺，直到空氣中帶來一串清脆鋼琴聲，讓他重新東張西望起來。他踱步慢慢找尋的過程裡，神情變得好像泡在溫泉裡，放鬆陶醉。順著一間間教室，豪豪終於找到流瀉出琴音的所在地。

開著的窗戶，他湊近，依舊把整張臉貼在窗玻璃上，感受音樂。

這樣實在太惹人注目，不多久教室裡上音樂課的學生一個個轉頭看著整個五官被壓平的豪豪，彈琴的老師也驚奇地看著這位上課時間出現在走廊的學生。

「這位同學，你怎麼在這裡？」她來到豪豪身邊，溫柔地問。

豪豪沒有回答，口中哼著剛才演奏的那段旋律。

一直哼唱著，頭也時不時向上轉動，彷彿等待他的太空艙。

太空艙沒來，是下了班的爸爸喘吁吁地來學校接走我們。

家裡好幾天都能聽到豪豪在哼曲子。

爸爸似乎下了決心，週末沒在家補眠，而是帶著豪豪出門。我一樣待在豪豪口袋，一起去了鋼琴教室。那是一間新開張的才藝教室，除了鋼琴，店內櫥窗也掛滿了吉他和其它樂器。

爸爸在出門前，反覆向豪豪交代，「豪豪可以彈琴，但是不能隨便亂敲。不可以亂敲。」

來到鋼琴教室的豪豪，右手被爸爸牽著，左手已經自動摸起鋼琴，興奮地敲出聲音。他細弱的手指一接觸琴鍵，力氣不小，整間鋼琴教室迴盪著他拍打琴鍵的聲音，一對母女投來遮掩不住驚訝和厭惡的目光。

「豪豪，你聽爸爸說，不能亂敲。」

爸爸低下身來，耐心地說了幾遍。

豪豪的手指還在琴鍵上，不怎麼情願，敲出單音的動作仍小了很多。

爸爸蹲在一邊看著豪豪，等他的手慢慢願意離開鋼琴，牽著他到櫃檯去。

「你好，想請問這裡有幼兒鋼琴課嗎？」

櫃檯站起一位年輕女子，她剛才一定看到豪豪的舉動，但表情維持專業，馬上就拿出課程介紹給爸爸，說可以先去參觀教室。

跟著女子走到後方，上了二樓，一間間放置鋼琴的教室，隱約傳來琴聲。

「這是個人教室，這間是團體小班教室。」

教室內擺著幾架電子琴，幾個年齡跟豪豪差不多大的孩子正跟著老師學琴。他們邊彈邊唱，讓豪豪睜大了眼，「鋼琴，鋼琴。」站在教室外，姿勢一動也不動。

「豪豪，我們要先離開，下次再來上課好不好？」

豪豪還是釘住不動。

爸爸耐心地說了又說，勸到櫃檯的年輕女子有點尷尬，這堂音樂課的老師走出，示意這樣會打擾到其他孩子，爸爸才半拖半拉，勉強讓豪豪離開。

豪豪開始不情願地哭叫起來，還用手打了自己的頭。他的掌力力道十足，打自己的腦蓋趴地響亮一聲。

這種時候，只有體型是豪豪一倍的爸爸才有辦法拎著豪豪走出才藝教室。

過程中，不知哪來越來越多的學生和家長圍觀。豪豪完全沒了一小時前走進這裡的開心，他失控到回家依然哭個不停。

爸爸拉開陽臺的門，打火機聲響，我猜他點了一支菸。

仰躺在豪豪身邊的我，看著他整臉眼淚和鼻涕弄得髒兮兮，哭到力氣都沒了，隨身一趴，鼻涕眼淚沾了我一身。

我的絨布胸口濕答答，彷若我也哭過一場。

房門一開，帶著淡淡菸味的爸爸走了進來，坐在床側看著豪豪。他的眼球充滿血絲，我曉得爸爸長期睡不好，一遇到豪豪情況不對，他就會驚醒。

我都知道。

帶著豪豪去上早期療育課，安撫豪豪的脾氣，都是爸爸一手包辦。

我擔心爸爸有一天會累垮。一隻布偶熊擔心這種事實在很怪，我知道。家裡的玩具和布偶也都無法跟我對話，我懷疑自己真的會思考？這是我的想法，還是有誰把這些想法裝進我的腦裡？

空想這些時，爸爸一把將我從口水災難中救出來，用毛巾替我清潔。他一度想叫醒豪豪，不過後來還是選擇替豪豪蓋好被子，關上燈。

窗外的圓月亮溫柔飽滿，今天是中秋，街上的車輛比平常來得多，騎樓下忙著烤肉的人潮繼續喧嘩交談。

我的身上恢復乾淨，而鬧了一天的豪豪已經熟睡，爸爸大概也是。

我所在的這個家今夜非常安靜。

大家漸漸知道，涂老師的課堂沒得作亂。剛上小學的幾個皮蛋，後來都學乖了，至少在涂老師面前裝乖。

倒是涂老師最近上課的表情還是一副險些垮下的積木堆。尤其經過豪豪座位，他會刻意繞一個圈，假裝沒看到豪豪一整堂課都在曲著手臂發呆。涂老師本人看不出年紀，因為其他迎面而來的男老師也穿 polo 衫搭配卡其褲與運動涼鞋，特別是從背後看過去，身形都差不了多少。最大不同是，每次涂老師上課時，豪豪都會發作。

涂老師等著同學練習注音符號時，手上的粉筆啄木鳥似的，不斷朝黑板敲出咄咄聲，差點把黑板戳一個洞。

不對，不對，陳瑞齊，ㄅ下面的勾勾不能歪掉。

涂老師眼力特別好，一下就能揪出同學錯誤。

還有，廖蕙如，妳寫錯頁了，ㄈ妳都還沒寫完，怎麼去寫ㄥ？

涂老師幾乎輪流叫了第一排的名字，可是沒有豪豪。也對，豪豪看起來一點都不想拿筆。他腦海裡究竟盤旋著什麼，多數時候我都猜不到。我只是習慣他突如其來的爆發，煙霧彈一般出現，引起騷動。除了我和爸爸，很少人知道為什麼豪豪要這麼做，他們也沒有耐心了解，甚至有時在公園裡，會出現嗓門很大的阿伯或阿婆，假裝沒看到爸爸，下棋打太極喝茶，也一邊嚷嚷。

怎麼敢帶兒子出門，是不是有什麼病？

兒子看起來就是有問題，做人父母的也不好好教他，在那邊滑手機！

我待在背包旁，爸爸手機螢幕中顯示的一直是各種早療的訊息。

爸爸滑手機跟教豪豪完全無關，而涂老師上課也和教豪豪無關，他只是勉強允許豪豪占個座位在教室裡，豪豪有沒有抬起頭或動過筆，一點都不在乎。

我很肯定，因為涂老師待在講臺上改完桌上所有的ㄅㄆㄇ練習，豪豪趴在攤開的練習本上，什麼也沒寫。

涂老師跳過這幕，轉身在黑板寫起聯絡簿。

密密麻麻一長串的訊息，台下每支筆都十分努力模仿完成。注音符號散亂於框格裡，有的人邊寫邊唸出聲來。

很吵，別唸了。

ㄌㄩㄝˊ，關妳什麼事。

開學沒多久，鬥嘴的習慣已經附著在這間教室裡，聲音不大，正好就在豪豪座位正後方。豪豪從小就不喜歡吵鬧，媽媽還在的時候，跟爸爸兩人常常講著講著就吵起來，吵架的焦點通常是豪豪。那段時間，爸媽也不避諱，大概以為豪豪不懂。媽媽一回溯每次產檢的細節，爸爸就會突然發怒，質問是不是暗示他沒有盡到父親責任。或者爸爸提到家族間的耳語，媽媽就不說話，在廚房走來走去，弄得杯盤震響。

在嬰兒床上縮成一捲蝦身的豪豪，其實什麼都聽見了，滾動撞著床邊護欄。癱坐在餐桌前的爸爸和媽媽這時才察覺到不對，瞬間起身，放棄那些互相攻擊的話，抓住豪豪的手和腳，避免他又傷了自己。

他們這時最親近，所有動作合作無間。

如果一開始是這樣就好了。

我相信豪豪什麼都記得，跟我一樣。

他搥了搥桌子。

鬥嘴的聲音還在。

他又搥了搥桌子。

涂老師站在他身邊，手裡拿著彈力繩，二話不說就把豪豪的手綁了起來。這對豪豪來說完全沒用，就算涂老師親自帶他去資源教室，豪豪一路上還是不放棄用身體撞向任何他能撞的地方。

我待在教室裡，看著兩道身影漸漸縮小遠離，中午的豔日照得所有眼睛都瞇瞇的。

豪豪的聯絡簿上一行字也沒有，跟他一樣，每天都只像從校門口溜進溜出，沒吸附任何東西。

豪豪蹲在校門口，手裡不停摸著我。我擔心他，但只有爸爸能來接他。

媽媽沒來過的原因很單純，心臟病。媽媽不知道自己的心臟患有先天缺損，症狀來得突然，短短一個月，媽媽就走了。吵架場面消失，家裡變得安靜許多，只有豪豪在這個空間持續發出聲音。

自從媽媽不在，豪豪整個化為巨大怪手，口中經常大吼，身體像是想刨開一堵無形的牆。牆應該很厚，因為他持續很久了，久到我以為未來都是這樣，看著豪豪沒有刨開任何東西，卻還是不停地向空中挖著土。

豪豪變身怪手，爸爸則開始喝酒。一瓶一瓶，空在桌腳。後來，酒瓶實在多到不像話，走路都能隨便踢到。或許是這樣，爸爸才沒第一時間發現豪豪染上腸胃炎，延遲了治療。

豪豪多受折磨的那幾天，終於讓爸爸決心扔掉酒瓶，擦抹許久沒打掃的家裡，重新跟病後枯木般的身體說話，每天說很久的話。激烈哭鬧的浪，暫時從豪豪身上退去，那陣子他變得好沉默，好像一顆石頭，連抓著我也不肯。我好像也成為他身邊的一顆石頭，待在窗臺都沾灰了。

什麼時候他才想起我呢？

可能是爸爸又有力氣，想起應該繼續帶豪豪去醫院門診之後吧。

慢慢長到八歲的豪豪，穿上制服，又把我時時刻刻帶在身邊。可是，現在的我卻擔心，他會不會已經被這所新學校討厭？

我一直想著這個問題。

電梯壞了。

公寓一樓管理員說，豪豪的手還在不停觸按電梯按鈕，對於燈號一直不亮，他不解地抬頭看向爸爸。爸爸抹了抹汗，手裡提著晚餐要煮的菜，拉著豪豪往逃生門的方向走。

豪豪左手拉著我，一階一階爬著，不少人走得更快，紛紛越過我們。似乎是不明白為什麼要爬樓梯，豪豪邊走邊發出嚶嚶的埋怨聲。

加油，豪豪，我們慢慢走，就快到了。

爸爸上一層樓時也這麼說，眼看豪豪就要不耐煩之際，站在樓梯轉角平臺，鋼琴聲粼粼流瀉到我們之間。爸爸愣住了，這時換豪豪拉住爸爸，一股勁往上爬。

在我們面前的那扇鐵門，就是樂音悠揚的起點。

這種充滿表現力的旋律與音階組合成的氣勢具有懾人魔力，豪豪一定這麼想，他的眼神這次是不由分說地甘願沉醉，連呼吸都屏住了。

彷彿我們發現海浪時，早已潛入一定程度的海域，耳內震動著來自海洋的律動。順著暗流迅速漂移，長浪繼續在最遙遠的地方，現在激浪沖刷得心臟怦怦跳，泡沫在頭頂打著圈圈，不知要被帶往何處的興奮感，潮捲過身體的每一處。

樂章結束。

為了追上最後一個音，豪豪把耳朵貼得更近。

時間分秒流逝，那扇門後蕩漾的聲波消失，站立的地方只是普通的公寓樓面。

爸爸試著要帶豪豪往上爬，回家吃晚餐。不過，豪豪那雙腳牢牢黏在這扇門前，動也不動。

爸爸低聲勸撫，還拿出豪豪最喜歡的小熊軟糖，卻絲毫打動不了他。

豪豪，你這樣貼在門口，別人就不能出來了喔，因為一開門就會撞到你。豪豪先跟爸爸回家好不好，下次再來聽鋼琴。

說到關鍵字，出乎預期的淚花噴濺而出。豪豪咬緊嘴巴，嗚嗚嗚地哭了起來。他平常就愛哭，爸爸也習慣替他準備手帕。只是現在，手帕根本不夠用，而且更怕打擾到陌生鄰居。

說來我也很驚訝，我沒在這棟公寓聽過琴聲，尤其是這麼動人的音樂。有可能是豪豪跟爸爸一向搭電梯直通頂樓，所以根本不知道三樓住著一位鋼琴家。呃，我也不確定是不是鋼琴家。

哭個沒完的豪豪怎麼也不願離開，就在爸爸想直接揹他離開時，那扇門打開了。一位頭髮略顯花白的女人探出頭來，狐疑地看著爸爸：「你們是誰？」

爸爸連忙鞠躬解釋一番，豪豪依舊哭著。

那女人手一伸，竟邀請豪豪和爸爸進入房內。同樣是公寓，室內裝修的風格簡潔，特意引入陽光，明亮潔淨，空氣中彷彿飄著寧靜輕微的樂音。

隨即，她安排座位讓豪豪坐在鋼琴邊，掀開琴蓋，隨手又是一曲。

這次的曲子聽起來輕快可愛，每個跳動的琴音圓潤活力，在跳躍手勢指揮下，洋溢著歡樂。豪豪目不轉睛看著顫動的黑白鍵。直到結束，他還低頭看著那排琴鍵。

「你可以彈彈看。」年紀差不多能當豪豪奶奶的她又問：「你叫什麼名字？」

豪豪沒有反應。

「你可以叫我書恩奶奶，書法的書，恩惠的恩。」奶奶沒有露出異樣眼神，而她說著這些話的同時，眼神看著爸爸。

她將那臺看來價值不斐的鋼琴讓給豪豪摸索，爸爸一臉驚詫歉疚。他想解釋豪豪的情況，不過這位第一次見面的書恩奶奶好像完全不在意，只見她搖搖頭，示意爸爸不用多說。

豪豪對待這架鋼琴，一點都不像在鋼琴教室那樣粗魯，這次，他試探地輕按每個琴鍵，靜靜地讓每個琴鍵的聲音迴盪一圈，才又按向下一鍵。

趁著豪豪摸索的時間，奶奶主動介紹了自己，說自己最近退休，才決定搬回這裡的公寓。因為一個人住，閒暇時就彈彈琴自娛。

「如果你的兒子想彈琴，我可以教他。」

奶奶微笑著，她當時一點都沒透露自己是音樂系教授退休，更沒有讓爸爸知道她的大兒子不幸過世，而她搬進的公寓，正是她買給大兒子，曾作為他大學時期的住所。

書恩奶奶很後來才讓爸爸得知，他死去的大兒子是天才畫家，畫作早已被世界各藝廊收藏，過世那天，他領了獎，正要趕回臺灣報喜訊。

更多的細節，書恩奶奶沒有提及了。

第一眼見到的她，不是一個多話的人，雖然戴著老花眼鏡，頭髮和皺紋都有，但任何人看到都不會覺得顯老。

在很多事都沒細問的情況下，奶奶主動讓豪豪來到她的鋼琴前，這點讓爸爸非常感動。

「謝謝，謝謝您。」爸爸一時之間不知該說什麼，只能握著奶奶的雙手。

彈過所有琴鍵的豪豪，盯著自己的手。

書恩奶奶微笑看著他，開始傳授如何辨識琴鍵聲音高低、速度。她彈一次，讓豪豪也跟著彈一次。

豪豪用他的食指彈，每個音都是跳躍的。跳錯了，他會生氣，不過奶奶會再把手放到琴鍵上，為豪豪重新示範。

那晚豪豪爬著剩下的階梯回到家時，他的腳模仿著手，也蹦蹦跳跳的。我能充分感受到掛在他的背包上晃動的幅度，有快有慢。

他把樓梯當作琴鍵，踢躂起節奏舞步。

爸爸開口喚他，慢點慢點。

對啊，豪豪他本就走路不怎麼穩。不過，他口中哼哼模仿，瘦削身體在刻意的急躍，緩步，接著正正經經走路，我也被他身體的音符帶入飛揚。

爸爸一直跟在我們後面，我晃著晃著，看著爸爸臉上緊繃的線條慢慢鬆開來。

書恩奶奶對爸爸說，豪豪的音感很好，聽過旋律也能很快記得，說不定頗有音樂天分。

真的？

提著禮物來的爸爸臉上多了點笑容。身邊的豪豪早就坐在鋼琴前，他的反應非常自然，簡直把這架鋼琴當作是自己的。

經過這段時間跟著書恩奶奶學琴，豪豪的手指已經能在琴鍵上形成一個微微的拱形，彈出的音色也變得連貫多了。

我可以坐著聽嗎？爸爸問。

奶奶準備了高腳椅，讓爸爸能全景看著豪豪。

她對豪豪說，今天要用節拍器。她拿到他面前讓他摸摸看看，接著，放開節拍的指針，讓它開始運作。

答答答答——

比時針分針響亮許多的聲音在耳道裡折返。對聲音敏感的豪豪，搖頭晃腦跟著擺盪，脖子和身體都隨著晃來晃去。

書恩奶奶跟著答答聲，在琴鍵上敲出吻合的節奏。我觀察到她彈琴時，整副身體的節奏會跟著加壓在琴鍵上，簡單音色根據她更換的速度，流瀉光澤。

一閃一閃亮晶晶，滿天都是小星星，掛在天上放光明，好像許多小眼睛，一閃一閃亮晶晶，滿天都是小星星。

豪豪忍不住跟著張嘴就唱。他說話含含糊糊，音色卻能跟得上越來越高的音階。當奶奶加快速度時，他也跟得上。

重複唱了幾次，豪豪變得有些結巴，可是越唱越有笑容，兩排牙齒在撐得很大的嘴中閃著光芒。豪豪的門牙剛脫落，他的乳牙開始掉落、換新，唱起歌來漏風得很，而爸爸與書恩奶奶顯然樂在其中。

我也是。

原先坐得有點不怎麼精神的爸爸，為此振作起來，大力鼓掌。

好好聽，很棒，豪豪，你太厲害了。

豪豪又笑了，發出嗝嗝嗝的聲音。太興奮的時候，他會打嗝。

我們要不要再練習一次？

書恩奶奶伸出手架在琴鍵上，她挺直背脊，神采奕奕地看著豪豪。

嗯。

隔了一陣子才點頭點得很大力的豪豪，他身後坐著的爸爸，眼眶讓樂音震出淚來了。

豪豪摸著琴鍵，雙手擺出最好的樣子，輕輕柔柔地按著琴鍵，每個音符充滿耐心。如果認識之前的豪豪，一定不敢相信這就是他彈奏出的曲子。

每個音之間即使沒有如同書恩奶奶示範的那般流暢，我聽了卻能想像具有時差的回音，回應著來自浩瀚深淵的呼喚。

那個是豪豪誕生的地方。

而我的絨毛，塑膠眼睛與身上的縫線，可能也是。

只是我聽不懂他聽見的，我只是一隻被創造來陪伴他的玩偶熊。

我本來以為僅止於此。

可是為什麼聽著聽著我黑豆般的眼睛暗了下來。

這道旋律行進環繞著坐在鋼琴上的我。聽起來就像是豪豪第一次跟我說晚安。

學琴後的豪豪，在學校也不那麼常發呆了。

發現這件事的是涂老師。

他最近又打了電話請爸爸來。以為發生什麼大事的爸爸，身上穿的還是公司制服。他們在走廊上嘰嘰窣窣，我聽不清，而豪豪坐在桌前，雙眼微閉，雙手立得穩穩，正飛快地敲打桌面。

我知道他的腦海中還在輪播昨天跟書恩奶奶學的新曲子。

他這樣持續好幾日後，同學們開始偷偷討論起豪豪。

欸他是不是會彈琴？

是嘛，我不知道。

回答的是班上最多才多藝的女生玲芸，她對豪豪一向繞得遠遠的。

班上同學都知道，玲芸的才藝班很多，圍棋、畫畫、游泳、鋼琴。其他人大概想知道豪豪是不是真的會彈琴，還是在裝神弄鬼。

這麼回答後，玲芸卻又看了坐在第一排的豪豪好幾眼。

此時，窗外的爸爸連連鞠躬，向涂老師道謝，涂老師露出些微尷尬的表情。

不曉得他們之間說了什麼。

這個疑問直到回家才解開。照例是豪豪蹦蹦跳跳踩著樓梯去找書恩奶奶，這日又學了一首新曲子。豪豪彈得很認真，可是他的手指似乎打結了，每到一段旋律就失速變慢。

沒關係。書恩奶奶說。

她的語調緩慢舒坦，任何時候她都是如此。

她是我見過最有耐心的奶奶，豪豪自從在她家免費學鋼琴，過程中不論怎麼任性，她都不會生氣，就算豪豪的脾氣總是來得突然。

她很神奇，完全不會皺眉嘆息，像什麼事都沒發生，繼續平靜地等著他，繼續和他說話。

那些話蘊含毅力地送進豪豪的耳朵裡，重複到豪豪好像真正聽懂了。

直到這種時候，他才能又冷靜下來，繼續擺好姿勢，練習。

練習的時間有時久到連爸爸等在旁邊都不小心打起瞌睡。因為如果不是豪豪認可的熟練度，他不僅不答應回家，還會發脾氣。只是幅度越來越小，他似乎找到打開太空艙的方法。

一年後，爸爸決定正式為豪豪買一架電子琴。

當然書恩奶奶不會介意豪豪來家中練琴，不過爸爸已經為此存了很久的錢。

自搬運工人送來電子琴，由爸爸跟豪豪一起揭開包裝的霎那，豪豪先是有點抗拒，後來又忍不住興奮地伸手敲敲琴鍵。

第一時間發現這不是真正的鋼琴，豪豪的眼神洩漏了失望。不過，這份失望很快就被雙手忍不住彈奏出的樂章取代。他肩背筆直地坐在高度適中的黑色椅子上，全身不再像軟塌塌的麵團。他在家中練習曲子的頻率越來越高，我也覺得渾身輕快起來。

開始不時主動跟涂老師通電話的爸爸，跟涂老師之間沒那麼緊張了。因為涂老師再也沒有把豪豪關在教室外。

而我特別高興的是升上小學二年級時，同學問玲芸一樣的問題，她小聲說，豪豪的鋼琴說不定彈得比她還好。

坐在教室座位上一語不發的豪豪沒有轉頭，待在他腦中的太空艙，依然持續著他的無聲演奏。

玄關那兒曾擺著一張我跟爸爸的合影。

隨著豪豪年級增長，出現了一張他跟爸爸與獎盃合影的照片，之中沒有我。

四季輪轉下，這類照片成為遠方定期寄來的禮物，一份一份穩定出現。照片中，除了豪豪與爸爸，哦對，還有書恩奶奶。她的白髮真好看，站在一旁就像，真正的一家人。

雖然我有點介意為什麼沒有我。

不過，我還是更喜歡沉浸在這一切的豪豪。

他依然說話含糊不清，會哭鬧，敲打自己的頭，或乾脆又去撞門，把自己搞得一身傷。

可是他找到可以表達自己的方法。這就像是每個第一次學一首曲子的小朋友，反覆練習後，能夠不靠提示，唱完整首曲子。

我想，豪豪終於找到了它。而且，他還會唱很久很久。

唯獨剩下安靜

如果你問我上那兒去了
我必得說「事情發生了」
我必得提及路石模糊的地面
以及始終自我毀滅的河流
——聶魯達（Pablo Neruda），〈無法遺忘〉（No Hay Olvido〔Sonata〕）

那日之後，鐵鍊在空氣中摩擦出的聲音未曾消失。普通上課日的午休，步上樓梯前往琴房的途中，我漫不經心，所聞音聲只當作是連續三波冷氣團壟罩下，讓人只想閃躲的颼颼風響。——直到我被迫成為那一幕的活標本。

肆虐的風繞著校園失速颳動，滿地落葉枯枝爭先恐後捲至踝邊。

真冷！冷到即便搶到兩串甜不辣和一碗熱湯，來到教室，掌心握住的熱度就會抽換。我趕忙湊近杯口搶吸一口湯，還沒暖到，卻莫名吸進一大把冷空氣，冷慄乾燥到使我連咳了好幾下。

「欸，該不會……」旁邊熟悉的聲音怪叫著。

我努力吞了口水，想辦法壓制乾咳狀態，拼命下咽的結果反而讓喉嚨更受刺激。

「好朋友怎麼不回答嘛？」撒嬌式的問句搭上我的腰。

「我沒事，謝謝妳！」我說。

身材比我嬌小的惠，把竹籤推回我手上。戴著放大片隱形眼鏡，格外顯眼的瞳孔緊緊抓著我，一瞬間，我幾乎感覺自己一百六十五公分的身形被框在她那比指甲片更小的視網膜上。

直至上課鐘響，那股鎖進視線裡的錯覺仍使我四肢僵硬。

本來，很多事都能讓我感覺身體僵硬，過強的凜風，門後竄出的殘響，或者是那樣的眼神。一旦如此，我宛成拉線木偶，不得不以突梯詭譎的姿態動作，穿戴原本的我。

那股從肩背蔓延到全身的感受讓我心驚自知，下一次還是會這麼反應。

#靠北導師4414
自己選的班長就什麼都OK
搞師生戀噁心

#靠北導師4146
幹！這女的怎麼這麼煩～
吃完的早餐放地上干妳屁事？
是怎樣？這跟上課有關嗎？
啊不就很愛扯，反正什麼都可以扯嘛，直接說看我不順眼就好。
一天到晚在那邊唸唸唸，說什麼要全班一起爭取榮譽，拿到冠軍。
拜託？她自己最想要吧！愛慕虛榮沽名釣譽，到時候得獎獎狀貼她身上算了。

滑鼠游標移動在匿名貼文的數字編號上，初夏辦公室沒開冷氣，很少流汗的她指了指髮際，汗水不知不覺淌至眉尾。

是誰跟她說起這件事的呢？辦公室很小，就那麼幾個人，不用對她說，只是聊天內容提到了她。有人縮減音量向她說，上網確認一下吧？

專注批閱週記的她抬起頭，放下紅筆，迎向螢幕。

闖進視野的，同時又溢出。她再滑動頁面看了一次，許多則留言投影出足以讓她對號入座的訊息，訊息的亮面沒有姓名座號，以廣義學生身分匿蹤在校園裡。

她以為認識的學生，她並不認識。

但凡她透過週記所了解的心情，如同印有這所學校校景的週記封面，操場與自身所在的音樂辦公室都涵蓋其中。然而看不穿被印成平面的建築內發生了什麼。

這麼一想，不管是靠北版面或週記，在訊息陰影裡的是她。

唯獨能帶領她離開平面壓縮世界的是盤旋於三四樓的琴聲。學生時代開始，她便能一眼定位音樂教室的所在與隱微的樂聲。即使上體育課輪流練習投籃，她的意識都會不自覺被想像的旋律吸引。

頭髮、裙子和成績均受規範及要求的校園內，若願留意音符躍動，五線譜撐開的另一道空間就能現前，在之中，無限的組合、變奏或旋轉都會帶著她的心升騰而起。

不是實體的，而是——

一顆球砸中她的臉，強烈力道令她跌坐在地。

「天啊！小步，妳沒事吧？」

球場上的影子全都聚集到她身邊，遮去日頭。她昏眩得看不清眼前景物，只能摀著被擊中而痛感漸強的部位。

「鼻血、鼻血，快點拿衛生紙！」手中剛摸到面紙觸感，她忽然失去意識倒進最陰涼的地面，昏厥。

風跟雷雨撥開雲層，直直落在毫無遮蔽物的平原。走進漫漫細草莖，沒有一處能避雨，可是不能停在原地，於是一步又一步朝不知方位的遠處邁步。雷電交集的時刻，努力睜開被打濕的眼睛，草地藏著的鮮紅花蕊，小巧花瓣跟著腳印逐漸盛放，往回一望，似乎形成了一條路。不知還得走多久，只覺氤氳之際，濕淋淋身軀因紅花而微微炙熱。頓時，平原盡頭出現噴水翻騰聲。暫時停下，心內響起清脆的疑問——在遠方有一隻鯨魚？那是一隻鯨魚！此一頓悟讓雙腳不知不覺蹬起足跟。奔跑著，直覺很快就能抵達鯨魚之鄉。因為鯨唱始終維持某個頻率。那聲音帶著輕柔又深邃的鳴嘯，而心臟跟隨著，也發出深沉有力的共鳴。

心在震波中暖洋洋的。一雙眼睛注視著她，看起來像是大海某個拍擊岸邊之霎。她回到現實空間的校園保健室裡。

「妳有沒有哪裡不舒服？」她認出阿傑的聲音。

護士阿姨過來探了探身，阿傑掰了一塊巧克力塞進她的嘴，甜馥的榛果巧克力。一上午沒吃東西的身體，透過一塊巧克力找回平穩的呼吸。幾年來她都曉得沒吃早餐對自身的影響，血糖被風落雨打到底，暈眩成為她。

然而，她願意被暈眩抓住一陣子，想換取的東西只有她自己明白。

走下床後，阿傑陪在身側讓她依靠，她的腦海還有餘力迴盪一段旋律。隨著肺部開始有力呼息，依稀能感受血液沖刷周身的頻率變得不太一致，有一股更強的引力，透過夢境中的迷幻鯨唱，領她向前，下潛，翻轉，噴氣，跳躍。

加入管樂社後開始學習單簧管的小步，本名繡在制服上，簡芳伃。每當鼓足中氣吹奏，透過鏡子觀察運氣變化與嘴型，臉部線條緊弛與送氣方式便有所改變，知道怎麼撫觸按鍵，單簧管就擁有更飽和的共鳴，音色透亮得不像她的生活。

上中學開始，一開學她便熟練地拿著中低收入戶證明，向各處室申請學雜費與各項減免。曾有段時間，從事裝潢工作的爸媽供她輕鬆愉快的生活。正因為生意旺，父親藉機投資房地產，想再賺一筆。金融海嘯無情襲來，一切血本無歸，父親躲債生涯才剛揭幕，就遇上她的國小畢業典禮。她上臺，接過縣長頒發的獎狀，臺下一落落鮮花穿插在筆挺西裝胸前，鎂光燈閃爍，她恍然見到父親。下臺後，她被人群推著走，媽媽拉住她，示意要跟教過她的老師們合照。

她的思緒打轉不停，那是父親嗎？

她愣住的時間不多，很快她便走向老師們的座位，如生活多數時間，她和媽媽都必須快速反應。

父親留下的遺產名喚擔憂，即使變賣多數高價品，生活依舊緊縮。

清空家具的下一步，她跟媽媽開始四處搬家。套房，有陽臺的最好。陽臺可以暫時堆放分批包在塑膠袋裡的加工物件。拿回家的加工品一次不能太多，時間內做得完最重要。小步學到任何訂單的形狀都是零碎的，它讓生活分割得更瑣碎，也會遺留一兩個擋在套房的路線，不小心踩到，就會痛到歪嘴。所以在房內走起路來，需練習小步小步的，她為自己取的綽號就是小步。

小步課餘幫忙做加工手藝，成千上百的重複使她不怕重複。重複練習讓她慢慢覺得自己足夠堅硬，跟揑在手上所有小巧的零件一般，堅硬才能組裝。

不夠堅硬的，會成為牆角的收藏品。有次她發現其上黏著一小塊瑕疵碎片，編織的蛛網黏著既不能吃也沒有意義的東西。為什麼？她好奇觀察，不過似乎蜘蛛不會出現，僅僅因為偶然，蒙塵蜘蛛網上才殘留了她們生活的痕跡。

現在的她，已經足夠堅硬了吧？她想。

掛在隔板辦公桌上的名牌上，音樂科簡芳伃，她以同樣的名字二度返回這座校園，意外也幸運地成為這裡的音樂老師。

在這裡遇見的一切都緊密嵌合在某段旋律上。每當四周安靜下來，它聽起來是C大調，明快，光線十足，微微昂揚的氣氛，而她按壓以快板，不覺三年過去，她持續練習，毫不猶豫。

她來不及曉得，這無法含括今年。

我忘了自己什麼時候開始喜歡音樂，或許在還不會說話的時候。

七歲以前我住山上，vuvu帶大的。媽媽跟我的童年都在山巒懷抱中長大，只是我們無法同時住在山上。媽媽的護士工作得搭兩三小時的車到市區，因此只能找便宜的租屋棲身。輪休日，媽媽才能回山上跟我團圓幾天。

我爸從來不在這個循環裡，媽媽說爸爸偷偷跑了。

爸爸跑了有點讓人難過，幸而我有太多地方可以去，比如待在兩棵神木之間的山坳等日出，涉水到溪中游泳。某次我聽鄰居奶奶聊天，有個地方特別適合看晚霞，只是得特別小心百步蛇。我不怕蛇，我認定自己是山的孩子。

「這麼晚了，妳還要去哪？」

我被舅舅這麼大聲一問，瞬間從黑暗山壁小路的暗影中醒過來，又哭又嚇，「嗚……嗚……是哥哥跟我說可以去找爸爸啦！」

舅舅抓住我的衣領，看來是真的生氣，我只好隨便編理由，把責任推給住在隔壁的表哥。頭髮凌亂，臉色不佳的舅舅對著懸崖啐了一聲，蹲下身，準備將我揹回家。趴在大人背上，讓我忘了亂闖造成的扭傷，我靠在山一樣的溫暖寬背上，到家的時候，外婆看到的是呼呼大睡的我。

我醒來已是隔日中午，床邊坐著媽媽，看起來非常疲倦。她似乎有很多話想問我，可是我能感覺她把想說的話都吞回身體裡，重新咀嚼。最終什麼也沒問，只是帶著我去洗把臉。

掬起山間泉水洗了幾次臉，強烈陽光曬著我的背，昨天傍晚在山裡看見的事，我沒有跟舅舅與外婆說，當然也不會跟媽媽說。我在一片深褐落葉之間見到一尾蛇。

一開始我並沒有意識到那是蛇。

獨自進入印象之森，我走在他人口中隨意提起的路徑，一路冒著未知的興奮，直至日頭降到底時，心中才浮現不安。失去光亮視野，右腳沒多久就被微凸小丘抓到，絆我一跤。忍著飢餓半跪著撐地抬頭，撞進眼簾的是灰紫色和黑色三角形圖案緩緩蠕動。在叢草與漸暗的天色下，牠微微抬升翹起頭部，伸出的尖紅舌頭在空氣中探測。我能清楚看著盤成一圈游移的每一塊三角形誘引我的視覺，呆愣對望之下，三角形如那萬花筒裡發亮的碎片，不間斷地墜落拼合疊加，炫耀著速度似的，毫無停歇。

我想跟上圖騰變化。

掌心覆在沾染腥濕的葉面，跟隨每個變化瞬間的規則，摩娑葉脈、碎石與留下動物足跡的泥印。不覺間，除了手腳，我的肚腹與下巴也貼近大地，毫不猶豫，打滾，昂首，擺動。周遭的藤蔓，野草跟叫不出名字的果子探近我的視線，它們離我越來越近，我也越來越熟悉所有眼前圖案的規則。

那刻我清楚知道，我屬於圖騰，我感覺身上留下透明的胎記。也可能，自己已變幻為另一種存在。

離開那一刻的我，又發生了什麼？而舅舅是怎麼找到我的？

不過是年幼小孩無關緊要的心事。如果我說出來的話。

心事卻漸漸孵出更大的祕密，我好像開始聽得懂。懂得聲音之內的事，包含媽媽很想辭去護士工作的心聲。

可是，媽媽說出來話完全相反，她跟vuvu說，要接我到山下一起住。

「Kelekele要上小學了。」

「簡老師，方便跟妳聊一下嗎？」

進教務處是為了今年音樂比賽事宜，要事還沒做，簡芳伃卻被主任叫住。她說好。說好，才能速戰速決，聽完所有該聽的話，找機會脫身。

「是這樣的，簡老師，今天早上我接到一通家長來電，那位媽媽透過民意代表來……，」主任停頓一下，「她的兒子正好就在妳的導師班。」

簡芳伃想了幾秒。

「媽媽說，希望兒子轉學。因為……」主任猶豫半晌，「簡老師，妳不知道嗎？靠北版上已經傳開了。」

前陣子處理園遊會已筋疲力盡，她想。不過她依然開口詢問：「為了留意學生情況，我都會定期瀏覽，但沒特別看到什麼。」沒說的是，音樂與美都不在這些文字中，所以她記不得那麼多。

在校園，舉凡問起班上的意見會得到長長的休止符。這不算樂章停止，而是被錯誤使用的休止符。這些休止符在靠北版起死回生，格外兇猛。

主任轉身抽出一疊文件，第一頁上就是靠北版上的截圖。

芳伃腳下的高跟鞋蹬得很快很急。

離開教務處後她一直處在忍無可忍的狀態。

來到教室門口，即將進門前，接到一通電話。

號碼顯示是班長的爸爸。

「老師，可不可以請妳告訴我，到底發生什麼事？」海嘯發動前夕，聽起來大概就是這種聲音。

會不會覺得困擾……？

我習慣聆聽各種事物傳來的暗號了。不過，與其說是聽見，我現在傾向介紹它是感應。當一個人壓抑、若有所思，發呆，只要內外不一致時，我特別容易感受到那股波動。

或許因為這樣，那天，我會自然而然地走到那扇門前，打開它。

對我來說，從山上回到平地開始讀小學，我就已經習慣打開各式各樣的門。

記得最清楚的是小學五年級的班上發生午餐錢被偷的事。導師一下課就集合班上同學，一一詢問那筆錢的事。由於數目不小，而且聽說那導師帶完我們班就要退休了，所以這樁事件等於是在她退休前捅的蜂窩吧。整間教室沒人敢開玩笑，最皮的男生也是，被叫到名字的人，就往講臺走去，負責回答導師的問題。導師一邊單獨問問題，兩眼也不忘掃視班上每個人的臉。回想都覺得那眼神陰沉得可怕，那雙又扁又下垂的眼睛讓幾個本來就膽小的女生拼命忍著，以免哭出來。

怪的是，那時我還沒感應到任何心虛。我外婆說，心虛的人，看起來會特別擺出威風的樣子，像收成玉米時，乍看鼓鼓的，一揭開就是空包彈。

輪到我時，導師看著我走到她跟前，低聲問：「萬曉浪，妳是不是知道什麼？好好地說，老師不會責怪妳。」

「報告老師，我不懂這是什麼意思。」

導師支起肘來，盯著我：「想到什麼都可以說。」

於是，我盡可能攤開昨天行程卷軸，一段一段掀開。在捕捉腦中記憶時，忽然，我感覺到一股抱歉的情緒，好像有人執意含著痰，拼命忍著不肯吞下去。我意識到那是我在班上最要好的朋友，陳悅梅，她是班上第一位制止同學嘲笑我膚色的人。我用眼角餘光瞥了她，想看看她的神情。她盯著桌上習作，臉部表情宛如籠上一層死白面膜。她大概知道我在看她，所以側了頭，開始寫今日功課，一副因為不想替好朋友隱瞞錯事的姿態，筆拿得那麼理直氣壯。

導師應該早就把這一切盡收眼底，可她擺出再給我一次機會的態度：「曉浪，老師知道妳家裡情況，不過，很多事情在做之前，需要先想一想。妳同意嗎？」

導師的暗示讓人不快，這很有效果，班上其他人看向我，小聲交頭接耳的樣子更明顯了。眼看問不出什麼的導師，最後催促讓我收拾書包，下課跟她走。

導師這麼快就認定我是偷錢的人雖然很奇怪，可是我更在意陳悅梅。錢應該也不是她偷的，那她知道些什麼？她在包庇誰？

走過教室跟辦公室間的穿廊，兩側植有紅玫瑰，幾瓣輕盈又無可抗拒地落地。悄無聲息的花朵化進泥土，我被這安靜的一刻抓住所有的注意力，專注了幾秒。從中閃掠起一張臉，我想起曾發現陳悅梅喜歡的一個男生。

記得幾日前，下課的操場，陳悅梅與一群人玩鬼抓人。奇怪的是，當鬼的她，怎麼跑得這麼慢？她是全班大隊接力第一棒，速度跟我不相上下。幾回之後，我就懂了。放學時我塞了紙條，恭喜她。我還記得她又糗又急地拉住我，向我比了個噓。

我抵達辦公室，媽媽坐在沙發上，臉色灰敗恐懼，我還來不及說點什麼，一掌就揮來。

「曉浪媽媽，不要這樣啦，孩子都會犯錯的。」導師的語調縮回到她那身花色連身裙內，溫和微笑的弧度跟大大小小固定形狀的花瓣一樣。

「老師謝謝妳，可是，我更相信我家孩子。」

剛才搧了我的耳光，好像讓腦子裡爛糊糊的黏稠物消散一空，回家途中，媽牽我的手，而我另一手還在熱辣脹痛的臉上敷著。我仰看著她，能看見火團從她肋骨間燃出。

出乎意料地快，媽媽替我辦了轉學，她也從原先的醫院辭職，轉換跑道到急診室任職。

後來，聽說那個男孩子害怕到受不了，主動跟老師自首坦白了。這件事中間又發生了什麼，我沒興趣知道，這一切是媽媽接到那個導師致歉電話時，我剛巧耳聞的。越是不想被察覺的心情，我就越容易湊巧開了門，知道了些什麼。

這奇特但說不上巫力的本事，我懷疑媽媽也有。特別是經過這件事後，她每次擁抱我時，都帶著特別厚實的力度，彷彿要把濕淋淋的我湊近柴火邊烤乾似的。我享受這種會讓人想念的擁抱，這使我想起山上的生活，讓族人嘴邊念叨的名字。

搬到山下跟媽媽生活後，輪流住過早餐店樓上、工廠旁、接近墳墓區的市郊分界。除了交通便利，生活空間遠不比遼闊山間是早就有心理準備的事，過敏症狀的困擾則始料未及。通常我一早起來，噴嚏鼻水齊發，到了陽光充足的中午才好些。

不過，這無法阻擋我一醒來就開始聽音樂的本能。

我有一臺媽媽同事淘汰轉贈的CD player和一張維也納合唱團專輯，三四張臺語老歌，一張國語金曲精選，數張古典音樂家作品集。

都是我不太熟悉的音樂。

過去拿到的音樂課本，僅有最後幾頁附上幾首琴譜，其它僅列出一幀幀音樂家畫像搭配介紹，排列出年代先後與年齡長幼，好像認識他們的方法最好是先知道誰先來到人間，以及能否將音樂家名字跟曲名配對成功。這也沒什麼關係，讓我比較失望的是加入校內合唱團的希望被嚴重的疫情打亂了，一時之間校內全面取消所有大型活動，直到現在都還沒有恢復的消息。

沒人陪同練歌，我養成習慣，塞耳機在校內靜僻一點的角落讓音樂包圍自己。向來，我習慣在陌生的環境找到屬於自己的空位，安安靜靜待著，盡量不打開任何一扇門，任憑周遭流動它的規則。

我不想撐破現實的空間。

為此，我感到特別自在的地方是舊大樓後方的池塘。校景標記它是生態池，藻類與浮萍占滿池面，池內一隻魚都沒有，大批孑孓倒不少。未孵化的蚊子幼蟲或剛成熟的慢飛蚊子，對我來說反而形成一道無形的牆。我坐在池邊，只要忍耐在頭頂亂飛的蚊子，澈底靜默的空間就會專屬於我。

待在此處的靜默使我想起山。

相依為命的媽媽一直沒什麼時間帶我回山上看外婆，與我最常見面的時間，若不是我準備入睡，就是我準備上學。她繞著工作跑的時候，我沉入夢鄉，某些時刻我幾乎覺得她已化為月亮，逆反自然時鐘，藉著反向跑，賺取一般人在白日奔波倒地後，撒落一地的錢幣。然而，我偷偷知道媽媽存錢是為了在市區買一間公寓套房，接身體不好的外婆下山治療。

「vuvu，等我上高中，跟我們一起住在市區好不好？」去年祭典之後，我在藤椅上跟外婆撒嬌。

「Kelekele妳連vuvu喜歡吃的小米吉納福跟阿拜都不會做，那我去哪裡吃阿拜？」vuvu開玩笑說。

我繼續撒嬌，「等vuvu來教我做呀！」

vuvu見狀就要起身去廚房，我趕緊抓了個桌上空杯，要vuvu先跟我喝一杯。

「只能喝這一杯喔。」

vuvu 究竟是對自己說，還是對我說呢？她心情愉快地把杯中的小米酒喝光。

廣場上餘火燒著，部落裡的孩子們因為揮舞仙女棒蹦出的火花而發出可愛尖叫聲。翹著二郎腿的 vuvu 背影，身上披掛的飾品蜿蜒成河，沉沉屁股好似一座山。這樣的她，大概不會心甘情願跟媽媽一起下山治療糖尿病。

才這麼想著，vuvu 忽然之間唱起古調來。嗓音渾厚悠遠，聲音不大卻能微微震動起四周，血液、小米酒與那停在葉子上的水珠，都會在這串遊走在張弛之間的誦唸吟唱中，隨之升降。我閉上眼睛，火堆旁的嬉鬧聲一波一波地推移隔開，耳際環繞的是我偷懶沒認真學會的母語。

一個深呼吸，我開口，想像氣流順著體內腔室，徘徊，旋繞，再通過鼻腔，拔高到頭頂。

我們就這麼唱著，媽媽在一旁露出輕鬆的笑容。

這是世界無比寧靜的時刻。

單獨一人在生態池邊聽音樂，讓人恍覺身處祭典後，逐漸滅熄與安靜下來的空間。每個片晌的空隙，都是音符之所以能串接的原因。在這裡，空白不會讓人尷尬無措。任何人都能順著呼吸，等待決定加入某一段的聲音波長時，就能自在地加入。

未曾想過，這個祕密嗜好將我捲進一個意外的開端。

這不是她第一次有這種感覺了。自踏進辦公室的瞬間，聊得熱烈的氣氛只會飄出絲縷尾音。

「大家要中午要吃什麼嗎？」剛進學校的芳伃，一開始常自告奮勇，想替其他老師訂便當，或當主揪團購。畢竟有些同事是她當學生時就在校內任教，算起輩分，等於是她的老師。

話音剛落，另一位老師拿出午餐登記本，笑著交給她。一翻開，原來同事們早就登記好。

送便當的廠家剛好塞車遲到，她也餓著。

「不好意思，送便當的先生說他再五分鐘。」可總感覺四周批改作業，疊放本子的聲音有點沉重。

「沒關係啦，反正我會拿到班上吃。只是學生大概又會抱怨我怎麼這麼晚到……」便當比預期早到了，她忙著一一分送，每個人還是回以微笑。她留意到那一對對眼睛周遭的肌肉一動不動。

接收到的訊息讓她吃便當時老是咀嚼著食物之外的部分。

並非科班出身，卻透過聯招考進這所學校，是不是真的很惹人厭？

芳伃一向知道母校標舉音樂班升學率高、師資優秀，算是引以為豪的學校特色。當年的自己靠著高中三年苦練單簧管，考上私立大學音樂系，一償宿願，都得感謝社長阿傑。他身為管樂社長，自幼讀的都是正統音樂班，難以想像他會主動出借單簧管，隨後包含樂器與基礎、技巧都是阿傑教給她的。

問起他，真的能夠借她這麼貴重的樂器嗎？

他點點頭。

對她來說，生命中首度擁有這麼光澤華貴的物品實在不可思議。她每次使用前後都不忘仔細擦拭，彷彿能藉著揩除塵埃，仔細保養單簧管，一併也寶愛了她迄今生活裡最奢侈的部分。

管樂器的神奇之處在於每顆按鍵能夠依據各人功力來控制收放音域，不同氣流受阻而後暢通，通過吹奏者的氣息，高低起伏，清亮有如號角般的樂音劃破空間，亦有風鈴般的木質音聲，指引著她的耳朵，鼓音聲聲捶打，金屬音在各聲部穿插增強，她宛如置身一座聳立的城堡頂端，群風拱出的風景釋放開闊的自由。

視線不再定睛於永遠無法消除的袋裝手工品，她突然擁有一扇偌大的窗，能夠收進前所未見的風景。

這是她最快樂的時刻。

為了這樣的時刻，她情願把全部的時間獻給練習。

練習從地下室爬上地面，再一階一階站穩，強化持續站立爬升。跌倒後才能跨的一小步，對她來說都不算什麼。一步，再一步。

本來這綽號是用來自嘲在極小空間求生存的自己，現在終於產生別的意義。

這個綽號，從青春期開始，也停留在青春。

在音樂科辦公室吃著冷便當的簡芳伃，意識到已經很久沒人喚她小步了。

「嗨……妳在唱什麼呀？」

一道嬌小身影來到眼前，我睜開眼睛。

眨動漂亮眼睫毛，自稱是小惠的瘦白女孩坐在我身旁。她身邊還有兩個女生，站了不一會兒就被蚊子騷擾襲擊。

還不確定該不該敷衍過去時，她逕自接續：「是拍手歌對不對？」我轉過頭看向這位不速之客，有點驚訝。

「妳之前還唱過……」她頓了頓，「英文老歌、五月天。」

不曉得她到底聽了多少？我還在困惑之際，她揮揮手要其他兩位先離開。

小惠說自己在隔壁班。在校內誰都知道那個班是變相的好班，考出亮眼成績登紅榜，幾乎就是他們三年努力的目標。不過，她主動搭話後我才知道名字寫作「筱蕙」（原來一開始我就沒記對）的她，躍躍欲試的反而是課外活動。

「妳知道校內本來有合唱團吧？」她說。

我咀嚼著她帶來的高級便當，點點頭。筱蕙似乎觀察過我的三餐，中午特意帶來生態池吃的便當，總吃幾口就說吃不下。掀開來，雙主菜，沒有例外。我承接她的便當，啃著雞腿跟魚，感覺全身慢慢充滿力量。食量一直都很大的我，老是吃不飽也不好意思再多跟媽媽拿錢，經常在學校餓著肚子。這點被偷偷發現後，還收到若無其事的幫助。

她的幫忙意外地沒讓我覺得做作勉強。

告別陳悅梅的多年之後，好像，我又能開始與人真心往來了。

國中階段我們無話不談，相約一起做的事變多，我的人際關係也改變了，從一個靜默占據位置的陌生人，漸漸成為班上有存在感的角色。大概慢慢掌握開關門的藝術，我不再因不自覺感應而魯莽窺探；同時，也不逕自大敞內心空間。

我學會怎麼真正適應山下的生活——把容易衝出一般規格的山和樹都先藏好，只提供悅目的草本開花植物。讓一切有跡可循，安全地生意盎然。

決定要繼續讀音樂班的筱蕙與我有個約定，我們要讀同一所高中，甚至同一所大學。

踏進教室，簡芳伃發現空無一人。

她氣極了。

學生們去了哪？這是第幾次了？

她來到學務處，要求中斷午間播歌，開啟廣播，要散落校內各地的學生速速回班。

等了十分鐘，回來的只有五六個人，平常沉默乖巧的那群。

其他人呢？

其中一個學生聳聳肩表示：「他們不想回來，想看比賽。」

她留意到班長不在，打了手機給他。沒接。她下意識地摩娑起雙手。再打給副班長，一樣沒接。還想再按下一組號碼之前，她停了手。心臟咚咚跳動帶著不明確的雜音，去年開始，她就有胸口緊悶的毛病，突發的心悸與窒息感開始占領日常。就診後，醫師開了緩解恐慌症的藥。

記得深呼吸。不要給自己太大的壓力。早點睡。

最後向她說了句，生活可以讓自己快樂一點。

她很不快樂嗎？

好不容易返回喜歡音樂的原點，這樣的她，不快樂嗎？

從什麼時候開始的，餘光影像的晃動中，是她蹙眉的臉。

長髮垂掛包圍的臉，使她聯想起乾癟的李子。母親帶回的手工活，有幾次是必須將略微去除水分的果實層層加糖，裝入玻璃罐內醃漬。牆邊堆滿罐子，房內瀰漫李子即將要被永久保鮮前的澀氣。賣相不佳的，只要通過醃漬手法就行。母親這麼說。

這些年來，她讓音樂的養分緩緩滲透到體內，交換出一個全新的，更值得嚮往的自己。那些苦水，隨著鹽分流乾，如果不回想，她幾乎要淡忘了。

泛著苦味還被枝椏牢牢抓住的她，還好有阿傑學長的指引，她才不至隨著地心引力亂墜，最終成為精緻玻璃罐中鮮豔欲滴的一員。

不像她充滿苦澀味。鮮果質地的阿傑高中畢業後，勇敢告別父母期待，轉而選擇自己渴望很久的戲劇系。這個選擇看似很不阿傑，卻更適合他。比起嚴肅地在臺上演奏，阿傑私下耗費更多時間研究怎麼利用舞臺讓觀眾享受其中。他設計的橋段風靡全校，所有人都被那份幽默巧思擄獲了。

他能彈能演能指揮能設計。全才型。他唯一的祕密，或許只有她聽他私下講過那麼一次，喜歡男生。知道的剎那，她斂起受傷的心情。以為手中這把他借予的珍貴樂器，是某種心意的託付。

那時已是五月底，蟬聲大噪的時分。她聽了他的故事，關於他愛戀卻苦苦無法表露心意的心情。他想先擺脫父母控制，好讓自己能慢慢存取更多勇氣，向對方告白。阿傑拋出的預想及行動是那麼動人，包含他離開學校前，交代她必須收下的單簧管。

她比過往更努力練習音樂，每個音符與音色，她打磨，錘鍊。這些沒跟母親提起，回家就照常幫忙瑣碎的工作。這樣的她，在高三那年經常打瞌睡。幾次，她甚至睡到輕微打呼，惹得老師極度不悅。

不自覺入夢的她，每回甦醒，並不記得真確的細節。

唯獨一次，她無法忘卻。

完全不可能發生雷聲電擊的冬夜，她直視自身站立荒原，四周霜雪，死葉遍地，任何方向都沒有人跡。她聽見窸窣聲在天頂，電波打架般，雜訊愈來愈多，直到轟然成雷。雷聲隆隆，閃電打向地面，卻不是焦土，是鮮紅色，比血還要紅的液體。天空宛如砸下無數顆紅色血球，在無限重擊下，她的衣服與皮膚無處不紅。朝著某個方向飛奔，但這詭譎的天地卻沒打算略過她，她感覺更大一波襲擊，朝她而來——她從中醒來。

自從那次，她就醒著了。

阿傑學長從大學宿舍頂樓跳下，沒有遺書。

他的人，儲存在體內未撒盡的才華，合奏過的旋律，只成為電視新聞中的一則跑馬燈。排在打架鬧事喝酒間，排在政治造勢宣傳之後。

她抓著約定，過去式的約定，在告別式上看著學長照片，悄悄又賭一個更大的約，她要回母校把他當初帶來音樂的快樂，繼續教給學弟妹。

芳伃向珊珊遲回的幾個同學匆匆交代一聲，走出教室。

她腦中無比清晰地浮現幾個對話畫面。

上一屆音樂比賽沒得名唷，同意招募她進來的成果就是這樣？幾年來建立的名聲，居然只拿優等。校長不跟她談談嗎？家長會那邊怎麼辦？老師，年輕歸年輕，可是帶班方面，妳要多學學。像是妳們辦公室那幾個很有資歷的老師，妳都可以請教啊！妳要先以身作則，班上學生才能慢慢帶起來啦！

一步一步走著，途經操場，芳伃聽見一陣歌聲響起。

快步走向聲音來源。一打開門，他們在練合唱。

練合唱很好。他們身旁站的是她的同事，而她全然不知有這件事。

芳伃老師，學生們怕跟不上今年音樂合唱比賽的進度，所以他們來拜託我別生氣，不是他們的錯。快，快跟老師道歉，回教室去了。

不知為何學生各個看起來怒氣悶燃。

他們靜默。

率先開口的是班長。

「老師，靠北版上寫了那麼多，妳是不是都假裝不知道？」

伴奏手還擱在鍵盤跟樂譜上，其他站在臺上的人拚命使眼色。

芳伃沒說什麼，因為忽然之間，她感受迎面來襲的海流，直接沖冷她的胸口。

無關比喻，她想，這次是真的。

不多說任何一字，她慢慢走下樓梯，一步一步。她離去後的房間，琴聲揚起。

她想塞住雙耳，然而，極具穿透力的高音部，直接貫穿了她的思考。

上了高中後，有時我會想，如果我們分別去不同的學校就好了。對我跟筱蕙來說，這會更簡單。

關於人生中發生的事，我始終認為和小時候那次經歷有關。可是，說出來誰相信呢？或許，這聽起來只像無腦的藉口。

我怎麼能擔任高一合唱團的預備團長？筱蕙比我適合多了。她的媽媽是音樂老師，爸爸是醫師，還有一位正在唸茱莉亞音樂學院的姐姐。

那天上午得知消息後，我還在思考怎麼拒絕老師，筱蕙卻比我想像得更快知道這個消息。

「恭喜呀！合唱團團長。」現在跟我同班，坐在我前方的筱蕙，在數學老師揮舞算式時，轉過身，以無聲嘴型跟我說話。

「筱蕙，不是，我跟妳說……」我拉住她肩膀，嘗試解釋。

說什麼呀？萬曉浪，上來解題。數學老師打斷我的話，要我上臺解黑板上的一元二次方程式。$X^2+10X=39$，X是未知，未知縫合未知，會帶來具體的結果嗎？

我轉頭瞄一下筱蕙。

不會解題也無人遞暗號，遺落在空無巨大黑板前的我能感應到臺下隱約浮動的煩躁，厭惡，同情，無奈。那些交雜的情緒裡，最紊亂的是筱蕙的，她身上是一股空轉的髒色漩渦。

荒謬的是，這個時刻我卻想唱起歌。

現在可不是唱歌的時候，我對自己說。

最初的名字 Kelekele，像是引導我「歌樂……歌樂……」

我依然面對這道數學題，不過右手放下粉筆，升起聲音的火炬，哼起了歌。

歌聲一響，台下剎時安靜，聽著我對所有渾然不解的，吐露我的圖騰。

所有蟄伏在胎記裡的本能。

小步走向管樂社社辦，她撫觸放在社辦的大鼓，定音鼓，木琴，低音號，承續時光，在不同溫度的觸擊撫摸中，逐漸上色。這麼多年來，這裡乍看沒變。然而，她清楚知曉哪些流轉推移著這個空間。

她是習慣移動的人，擅於適應每個空間的語言，熟稔躲避負債帶來的脅迫。不知哪日起，索債的聲音就消失了，她兀自猜測是東山再起的父親，獨力還清債務了。不用再東躲西藏。

長年躲匿，讓她與媽媽始終維持著最少限度的用品。堆積的，都是他人物，賺他人錢的小玩意兒。除此，沒有了。

環顧一周，她吁口氣，笑了笑，感覺管樂社裡的學弟妹還是很用心。她讀的不是名門大學，學習音樂的時間也短，不過這點事，她感受精準。

音樂，其實是一種很精準的藝術，所以才能一點一點替她校正人生中失準的音。

關上社辦的門，她繼續爬樓梯，通過三樓的琴房，一間一間巡禮。每一小間，都曾停留過無法完整向人述說的情感，她就曾看過學長阿傑低垂著頭，凝止不動地看著琴鍵許久許久。

她沒有敲門。那樣的時機打斷他，是很沒禮貌的。

轉了彎，來到另一側樓梯，她一步一步來到頂樓的音樂教室。這個樓層算是全校最高的位置，因此走在廊道上，經常會被突如其來的風大力擁抱。

學長也曾經感受過吧？

此刻，她也專注於風的力度。站在空空如也的所在，她沒有再向前一步。

小步，小步，妳在哪？誰用這麼溫柔的聲音呼喊這個綽號？她觀察四周，空無一人。

隨後，她用著跟平常一樣的節奏走進教室，在還未上課的午休時間裡，登上屬於她的城堡了。

我覺得自己差不多說完了。

嗯。坐在躺椅另一側的聲音輕輕附和。

我需要描述為什麼我開了門嗎？

如果妳還願意說的話。持續這麼久的時間，對方的語調沒有絲毫急躁。

我不曉得該先……說什麼。

妳怎麼會在午休時間去音樂教室？

那棟樓的頂樓，本來是我的祕密空間，我最近特別喜歡趴在那邊的欄杆吹風。

只是，那天，風真的又急又冷，我沒想到頂樓的風會這麼冷，所以看到半開的門，趕快推了就進去避風。其實那個剎那，我還沒看到之前，就曉得了。反正，我好像不能就這樣一走了之。

那妳後來決定……。

順著那個未完句子接下去，我從來沒感覺過身體會自己發抖，全身毛孔緊縮成這樣，好像突然被推進冰櫃。就是，那個瞬間，我被釘住了，像我那些住在山中的舅舅表哥們知道怎麼鎖定被捕獵的動物，他們有辦法透過箭的咻咻聲，沉重雜亂踩過草木的腳步聲，嚇走動物的魄。牠們流血之前，就是標本了。那時的我，也一樣。那個當下，我的喉嚨根本沒辦法發聲，因為我被緊緊掐住，被一股小小但堅決的力量，透過震顫，箝住我大叫的能力。我默想著我的家，向祖靈祈求，向放在肋骨間那種天生想歌唱的力量對話。

我放上冰冷的掌心澈底遮住眼前的光。

我認識她的。我知道這個老師是誰。

我知道我知道我知道我很想跟她說對不起不是我要跟她說謝謝因為決定我是

下一任預備團長的老師是她她很驚訝我從沒讀過音樂班她說她也是。

她也是。

我感覺一股力量把我折來擠去，綳在體內的什麼快要翻攪出來。

我最近耳邊都會聽見鐵鍊聲，作夢也會夢到。我以為我沒有真正看清楚就沒事了。可是，我不用看就知道一首聽起來非常珍貴的曲子，像是一隻蜘蛛垂在半空，準備開始織出牠要的圖案。

妳，還記得旋律嗎？

我抿著嘴，安靜下來，任旋律在體內衝擊，我就是還不想把它哼給眼前的心理醫師聽。

我沒有承諾些什麼，包括自己會努力好起來這類的屁話。

外婆在山裡的家對我唱歌的臉湊近我，伏在大地的蛇從蜷縮狀態微微昂起。

我持續蓋住自己的臉，把空氣深深壓到胸腔最底最底，好像是經驗世界上最後一口呼吸那樣，讓手指浸潤熱燙，任宛如被咬一口的熱燙暖流沿著指節處一節一節地滑動。

直到腦中的歌聲迎來最後的休止符。

直到狂烈的安靜汩汩不絕。

禮物

1

米其林法式餐廳內，圍著方桌的一家三口，和諧得體的穿著在暈黃光線映照下格外柔和優雅。

口味可以嗎？拿著刀叉的女人微笑輕問。

裕如，畢業後要自己加油了！男子擦拭嘴角，神情似乎對餐點頗為滿意。

座中最年輕的女人愣了半晌，咬下切好的魚，接著對此簡短回應，不忘安撫隱匿其間的小小擔憂。她是這桌的主角，表情卻沒有身為主角的興奮光芒。對她而言，一切能進行得更為緩慢，沒有任何因素打擾這場家庭宴會，每個人都有機會說完話，吃完芒果舒芙蕾作為收尾，便已足夠。如此，就必須趁熱享用，唇齒方能充分沾染芒果奶油醬濃郁綿密的口感。

Dora，這是媽媽送妳的禮物。

腦中還忙著迷幻餐廳主廚為畢業季特別設計的甜點時，一束花已遞到她懷裡。星辰花，桔梗，滿天星與卡斯比亞，綴以幾朵星白色索拉花，粉藍綠色調花團圍簇慎重的寧靜感。

見到年輕女孩捧著花束，旁側服務人員很快反應過來。

交給我，我來幫三位拍照。

他示意三人靠近些，來——西瓜甜不甜？

拿在手中的拍立得照片最先顯影的是那束花，至於人物，則像是多年沒聯絡的朋友們突然被一一請到同桌，最終凝結的留影沒有同為一家人的攤放鬆弛。邊張望照片，邊攤開花束小卡的Dora也沉默起來。開頭寫上裕如二字，而非她習慣的英文名，Dora。

略略移開視線，她重振心情，向服務生微笑。總算，托盤上熱度十足舒芙蕾被一道優雅手勢端來他們這桌。聽完服務生訓練有素的介紹後，男子很快地用湯匙戳破雲朵般的表面。

哎呀，這麼心急，應該要像剛剛介紹那樣品嚐的。Dora看得出媽媽赫然發現已不必說出這些話的尷尬神情。爸爸則嘴角留下一絲淡黃色的芒果奶油醬，有些茫然。

嗯……，好燙。刻意舀一大口放嘴裡，Dora叫出聲來。

媽媽旋即倒了杯水要她小心別燙著，順了順她的長髮。

溯回二十多年前，她第一次叫出ㄇㄚ ㄇㄚ、ㄅㄚˇ ㄅㄚˊ時，媽媽也曾這麼撫摸過她的頭吧？驀然，這道期待已久的甜點變得難以下嚥。她只管擱在湯匙上，任憑室內空調慢慢將它變得極其普通。

Dora 座椅後放著一只紅色證書筒，裡面裝的是剛到手的畢業證書。只不過，相比爸媽那張生效的離婚協議書，它顯得多麼平凡無奇。

2

自高中開始，一旦爸媽發生激烈爭執後，媽媽便會突然消失一陣子。面對媽媽一聲不響的消失，Dora 慢慢學會感受連夜碎串的雨勢，試著去聆聽雨水滴在綠色塑膠布上，淌洗車頂塵垢，浸潤行人鞋面，弄清楚空氣中抽換了哪些，導致排序錯位的預感浮現。

深入林道，也是如此。

大二時，一行人短暫佇留在某座高山主峰山徑時，期待學長言之鑿鑿的奇觀——滿山滿谷的山羌。然直至霧起，四周依舊杳然。眾人失望之餘，只得壓抑失望，把握時間，趁天黑前繼續趕路。不過當她邁步向前的瞬間，腦中閃現一道篤定的聲音——山羌就在他們身邊！縱然她的目光無法穿透灌木林，扯開濃霧，直視生性害羞的山羌。仰賴長期穿梭森林的直覺上身，便能感知未具形體的訊息向她遞出枝椏。

媽媽趁夜半出走是預感的練習場。經日累月，Dora 學會預判媽媽何時取下掛在壁上的鑰匙，提起行李袋，不讓跟鞋在地板發出任何聲響，闔上門，離開家。

家矗立之地，雨水易潑灑淋濕，遂終年煙籠清晨與白晝。海港停泊捕撈漁獲的小型船隻，亦有乘載大量貨櫃的貨輪，它們一概順著搖搖晃晃的海面渡向綠意湮然一片的陸地。

陸上有舟，她的床也是舟，舟聲啟動的瞬間，她不自覺驚醒，見證霧穿過了夜，蔓延至夢的乾燥腹地。躺平的身體慢慢伸手探外，心內共通的隱密訊號通知了她。她沒能做些什麼，只是清醒知曉發生的事。

一開始，媽媽或許出於歉疚，會撥空打電話給她，甚至跟她約出來見面。媽媽選擇的地點，有時是人潮略微蕭索的駐唱餐廳，有時是市場大樓內的美食廣場或觀景臺，也曾在坡道上知名少女風甜點店。見了面，話題倒是很普通，聊了當日發生的趣事，避開不願談的，例如成績，或是爸爸。乍看只像是一對剛下班的媽媽與剛下課的女兒趁空見面吃飯，卻全不是那麼回事。

不告而別的次數益發頻繁，Dora 感覺媽媽旋開關閉的紐帶，進入截然不同的氣味裡。隔了更長的時間再回來，媽媽身上的味道遂更陌生。

「媽妳換了新香水喔？」Dora 忍不住問。

媽媽否認，「妳什麼時候看過我噴香水啊？」

對於家的氣味，她記得的都是暴躁。

某次小學放學回家，Dora 興奮推門想炫耀剛學會的直笛歌曲，卻先聞到廚房濃溢焦味。極度安靜的客廳裡，爸媽之間像打了一場夠久的架。

她沒說什麼，獨自去廚房刷掉瘀瘢與血痕。

Dora 還在向媽媽討抱的年紀時就喜歡把手伸長放在窗框上，問了幾百遍還是又問：「爸比？」媽媽的回答總是：「爸比去很遠的地方買好玩的玩具給妳，明天爸比就回來了。」長髮的媽媽，長髮的她，一起望著通過家門前的陸橋。橋上駛進雨勢中的車輛，在抵達橋的底端時，彷彿就滑進了海。

Dora想說，海。

她的媽媽卻聽成，哈，哈，不自覺也跟著露齒而笑，「我的小Dora，妳最可愛了。」

Dora本名高裕如，家族裡只有媽媽叫她「Dora」。

上學前，媽媽便教她認英文字母，說所有英文字母都能交替出現，組合拼出漂亮圖樣，每款在不同時間點的代表意思會不太一樣，可是，都有意義。

她的英文名字的意思是，禮物。

「韻慈姐，小如越來越像妳耶。哇，這蝴蝶結裝好可愛，妳媽媽去哪幫妳買的？」

剛移居到這座城市，媽媽常帶著Dora四處走晃，其中一處便是轉三個街角的水果攤。那家店老闆年輕力壯，身材又好，嗓門熱情。即便她的身高只能手拉媽媽衣角，依然聽得出媽媽笑聲格外輕快悅耳。

然而，不帶雜質的笑聲，在爸爸辭去上一份常出差東南亞的工作，開始每日固定上下班後，漸漸黏稠沙啞。啞了嗓的媽媽固定每天晚上端出熱騰騰菜餚擺在圓桌迎接爸爸，炒鮮蝦，水果奶昔，沙拉盆，還有她最喜歡的炸雞腿。坐在左邊的媽媽替她夾菜，右邊的爸爸也會要她多吃點，那陣子是全家最常共度晚餐的時期。

三兩下清空碗盤內的食物，餐桌上的氣氛又不同了。接下來，媽媽會安排她在房間裡讀完一本故事書，或完成一幅拼圖。

完成之後才可以出來吃點心喔，媽媽和她打了勾勾。

Dora趴在地板，打開拼圖盒抓出一塊塊小型色塊，她曾和媽媽一起完成這盒海洋樂園拼圖。現在她只要想起媽媽的拼法就沒問題，嗯，找出大鯨魚灰灰顏色，然後是水草，珊瑚，美人魚，擺出大致位置，海洋生物的輪廓就能現身。

不過海洋生物那麼多，她也常搞錯名稱和特徵，單靠自己，能夠組回一長幅海洋生物總動員嗎？

妳說什麼？妳講那什麼話？妳搞清楚，少在那邊亂講！

記憶中，拼圖中間有美人魚擺動尾鰭。

你瘋了，神經病，我哪裡說錯？你做了什麼事你自己……

門外傳來尖銳的金屬碰撞聲，Dora想像洞穴產生空擊回聲，暴烈大水重劈窗櫺。再等等，媽媽再等我一下，找到章魚和螃蟹，我就會完成拼圖。

爸跟媽他們年紀大了，想念裕如，所以才說要搬來跟我們住。妳說妳不知道我爸有躁鬱症，妳搞不懂為什麼他半夜夢遊，現在就告訴妳原因了。再怎麼樣我都擔心爸媽獨自留在南部，妳怎麼不考慮一下我的感受？

每拿起一片為空白補色，還未被認出的空白便發出騷動聲。

安靜，不要吵！她安撫拼圖，並祈禱雨勢能聚集一場颱風，大到足以關掉所有她耳朵旁的聲響。

我不接受的理由不是說了幾百次了？你要這麼小的孩子怎麼跟差點要住進精神病院的阿公相處？萬一爸發病，你又不在，那怎麼辦？難道要我一個人處理嗎？不跟你說了，我要進去陪她了。

嵌上最後一塊，絢麗的海洋世界就完成了，Dora 支起身欣賞獨自潛入的海域風景，打定主意要叫媽媽進來看。轉開門把，透過門縫，眼前所見是一個杯子摔碎在地，媽媽臉上一叢陰影及時蓋住面容。她趕緊關了門，心跳莫名增快。

封閉房門，回到整片海洋拼圖前，她躺下，關閉眼皮假裝眼前就是爸媽承諾有天帶她去看的鯨魚和海豚，牠們從水中一躍而起，騰空對她微笑。Dora 想像自己正摸了牠們微彎的嘴。牠們擺鰭動尾，蓋住她的眼睫毛。

她貼在拼圖上不覺睡著了，在平靜無波的洋流邊際流了好長好長的口水。

3

跟著爸媽北上基隆，狹窄公寓是率先落腳的根據地。一年後，才換居一棟二手透天厝，這是 Dora 幼年印象。

「去嘛，去嘛，我想去。」她纏著媽媽說要一起去看房子。

「Dora 不可以亂跑。答應我，才一起去。」媽媽叮囑。

媽媽牽著她進屋，屋裡滲漏的水氣將屋外混雜汽機車排煙味融入空氣裡。好臭，Dora 皺著鼻子想躲開，只能四下亂晃。趁著媽媽不注意時，走到後陽臺，探了探頭，發現一只通向外頭的鐵梯，嚴重生鏽，半懸晃著，幾隻麻雀停等在上，靈活地翹尾理毛。

等媽媽發現時，沒有責備反倒笑容滿盈：「Dora，以後我們三個人會住在很漂亮的家哦，妳會有自己單獨的房間。有沒有很期待？」

她鼻子裡的怪味依然濃郁。自己的房間？她不期待。

等到他們一家搬入，搬家公司幾個阿伯氣喘吁吁卸完貨後，對這棟全白的家嘖嘖稱奇。

「這裡不錯。」自稱是老闆的人擦抹滿頭汗水，「連我都想坐下來喝杯咖啡了。」

堆滿紙箱和家具的新屋經過裝修，二樓打掉隔間，拆除鐵皮，陽光降落。

媽媽帶著她走上階梯，二樓有爸媽的房間，也有專屬她的房間。打開門，她發現踩著木盒抽屜就能躺上床鋪，下層是她的書桌，漆成粉色的牆面繪上 Hello Kitty 旅行的圖案。

Dora 連續躺了好幾次床鋪，又摸了好幾次亮潔的桌面書櫃，櫃子裡有幾盒拼圖。

她就知道媽媽不會騙人。

處理完行李的爸爸疲倦而鎮定，像是談成大案子。媽媽幫她輕輕闔上房門，提議這樣的晚上值得去慶祝，「選 Dora 喜歡的。」

當時，媽媽拉著爸爸坐在面光落地窗前，難得沒下雨的夕日餘暉折進玻璃純白之堡，他們臉上的笑意薄薄熨貼浮動在空氣裡。

她怎麼可能忘記在這座白色堡壘裡眩光的最初相見？

向山前進的坡道兩側是密集的商家和住家，轉彎，爬過一段樓梯後，連綿矮丘就在眼前。矮丘山腳便有芒，走過芒草堆，白色堡壘旋即現前。另一側矗立的幾排空屋，沒有門窗，經年下雨，積存的苔蘚黴垢多到讓人覺得房子有鬼。那一帶，流浪狗一隻也沒出現過。

Dora不怕也不在意，因為她深深迷上站在家裡二樓就能眺望的海。

可惜的是，搬進新家後，爸爸還是很少回家，也不能跟她一起看海。媽媽解釋的理由大同小異，爸爸得出差，需要替公司進行生意談判。

「談判是跟人吵架嗎？」Dora問。媽媽搖了搖手指，要她別胡思亂想。

「好吧，那媽媽一起玩遊戲。」Dora突然決定，而且指揮若定，任命自己擔任城堡衛兵，又吩咐媽媽要站在二樓半的位置，「媽媽，妳要在這裡，妳是皇后。」

等媽媽站好，繼續示意媽媽必須對衛兵發號施令：「就交給妳了。」

下一秒，趕到柱子旁站著，抬頭說：「交給我，別怕，我會保護妳。」

保護的方法是揮動裙襬。

做出這動作的Dora自認渾身光彩奪目。這件星點粉色裙帶著滑順的質感，清涼卻又感到輕柔包覆的溫暖，拿來當魔法袍最棒了。

玩膩後，她會央著媽媽轉而進入愛麗絲夢遊仙境的劇情，她扮演愛麗絲，媽媽就是那隻微笑的貓。依著她的設定，這隻貓圍上絲巾，趴在沙發靠墊上。

「妳從哪裡來？」扮貓的媽媽問。

「我，我又不知道，那妳先告訴我妳從哪裡來。」她回道。

扮貓的媽媽抿嘴微笑說不。Dora 假裝不死心，堅持問路。可惜猜測的趣味只能維繫幾回合，不多久媽媽便呵欠起來，要求讓她小睡一下。在 Dora 抗議前，媽媽雙腳早早攤放在米色沙發上，瞬間入睡。

媽媽秒睡後，整棟房子迎來徹底的無聲。索性，她關掉電燈，學媽媽躺成大字型，試著進入夢鄉。然而腦中的劇情還沒了結，天花板無盡的白倒是讓她發起呆來，而隱微天光讓這片白成為還未上演故事的螢幕。Dora 設計出故事中的每個主角，讓他們相遇，吵架，又莫名其妙和好。編織的片段如果卡關，不好笑了，她就想像將它暫存寄放在屋子的一角。隔天太陽出現，讓她憑空捏造的幻想殘骸有些能受日頭烘烤。有些或者隨濕度膨脹變形，占住更多空間。

這棟堡壘是轉化祕密的基地，在肌理骨骼下埋植流動變形的汁液，裂口都在內裡。

例如這些有的沒的，Dora 覺得有一天她會全部忘記。

4

小學四年級，一旦在教室座位聽見高跟鞋輕踩地聲，Dora 內心便預感那襲藍色洋裝就要現身。

那陣子媽媽常為她送便當，更在特別節日準備小點心，讓班上其他同學一起享用。在同學羨慕目光交加下，Dora 緩緩自教室最後排起身，接過媽媽手中沉甸甸一袋。回到座位，緩緩拆開美麗日式花布包妥的便當，或從線條俐落設計感十足的環保袋裡拿出食物時，她能感覺自己的手變得極其修長，長到能比任何渴望的目光都早一步碰觸到它們。

烤雞腿、塘心蛋、海苔細絲、花椰菜與香菇。另有盒點心放在透明玻璃盒內，誘人香甜。

這是妳媽媽自己做的銅鑼燒喔？好厲害。級任導師笑瞇瞇問，紅框眼鏡下的魚尾皺紋擠出，語調比平常親切溫柔許多。所有人笑靨燦爛，交談聲與笑聲熱鬧卻舒適放鬆。這樣的氣氛讓她激動想哭，不過有人會因為這樣就哭嗎？慢慢幾個深呼吸，鼻樑和眉眼之間那股冷冷的氣息又回到身上了。她高於一般人，小學一年級就坐最後一排。以長高速度來看，她會超越媽媽的身高，遺傳一點點長相。對於這樣的組合，她反覆看著鏡子裡不笑時候的自己以及笑起來與媽媽相似的氣質。

這種氣質會是讓她自幼就迷上拼圖的原因嗎？

她與媽媽同樣有玩拼圖的愛好，家中牆壁高懸著不只一幅的完整拼圖。以往，每逢片數多、困難度高的拼圖時，媽媽會鼓勵她，如果可以拼完，就把它裱框起來。

其中一幅是天空下有四隻腳撐著的破爛集合體。

這好醜。

Dora 妳看看它的形狀，冒出蒸氣的位置，像不像走了很遠的路？是不是真的醜，我們先拼拼看再說。媽媽似乎很喜歡這幅，還帶著她在鐵鏽色的碎片中摸索。

要怎麼拼這怪房子啦，它看起來都快垮了。

過程中幾度因為找不到適切的拼圖而漸漸淌出汗來，她記得自己特別不耐，差點要捏著拼圖亂扔。

就是那日，爸爸提早返家了，眼神不同平常，格外輝亮。他看著她們跟城堡拼圖奮戰，一會兒便捲起袖子，示意某塊拼圖：這塊應該是左上方，天空的位置。

成功密合。

爸爸繼續出主意，想辦法讓所有失散慢慢湊近。

這幅是唯一屬於全家仨的。

裱框後，她才從媽媽口中了解到這棟醜惡城堡屬於一位受詛咒的男孩霍爾。幼年的霍爾訂下契約，吃了墜落流星卡西法。此後擁有魔法的霍爾就住在這座由四棟鐵樓組成的移動城堡裡，通過四道門，在世界各地自由來去，只除了須提防來自荒野女巫的追捕和卡西法魔力的反撲。拼圖裡看不出這些，就像她偶爾會懷疑，童年那段爸媽互相大罵的記憶是真的嗎？或者，這只是她撿拾故事碎片時，不小心擦撞到現實的意外？

有些事演進平滑，令人找不到立足的縫隙發問。國小到國中，隨著不停推到眼前的考卷和考程，抵銷分割了時間，逐日消失的是對著天花板發呆幻想的習慣。

做噩夢取代白日夢。白天的心事遁沒潛入黑夜，夢中，她的意念不知何時被蒐集，在漫漫夢窟裡遭搬用捏造。她不再是指揮一切的人，倒成為不知為何處處聽令的角色，漂浮於無知無覺的巨流，被惡意攔截。

她做噩夢的事，媽媽曉得。如同她清楚媽媽有夜半偷溜出走的習性，媽媽對她的了解也是。

「這是美國大峽谷當地原住民做的，幫妳掛著。」送她捕夢網的媽媽，臉龐煥發光芒。

「謝謝媽。」Dora正在複習英文，她熱愛想像某天能流利地用全英語溝通。轉頭看了顏色單調樸實，宛若蛛網。這個捕夢網全白的網絡正中央有個圓形開口，下方墜了幾根羽翎硬挺的羽毛。Dora索性躺著拎遠又湊近，冒出少女鼻音端詳它，「真的有用嗎？」

「掛著就是了。」媽媽的語氣陡然稀薄。

媽媽跟她一併來到這棟房子某面透明玻璃牆前，說著動不動就會碰到、彈回的句子。每個句子的樣態，漸漸都與過去不同。

掛上捕夢網那一夜，Dora不以為意，以為還是得睜眼聽著雨聲都入眠，才能找到入睡路徑。可是，她首度感受意識速墜深眠。

眠夢裡，她置身曠野，打開一扇門，進入陌異空間。關門那刻，靜止空間開始緩緩前進。行進不一會兒，空間的窗口宛如血口，張嘴貪心掃過風景，吞進屋裡。毫無力氣的她卻沒被懲罰沒被吞吃，被吞沒的是所有她經過的風景。空間越吃越多，越吃越快。她睜大眼，但在一絲光源都沒有的地方，等同眼瞎。

門消失，窗戶和豔麗的瓶中花消失，她想揮舞手腳，自知將溺斃在黑色裡。突然之間，她竟又能睜開眼。起初，她不敢確認「看」到了什麼，只是愣在懷疑夢或現實的狀態裡，接收視網膜的線條與色彩。過了好一會兒，Dora 意識到所見正是捕夢網。她以指腹摩娑羽毛堅挺紋理，身體仍記著什麼都碰不到的感受。

失去光線的黑，將她化為碎片。

爾後，這個捕夢網開始收容白日空蕩回音，成為她夜裡甦醒後的歸宿。然而她偶會幻想能拾回散落一地的碎片，拼回那愛笑多話的媽媽。的確，她撞見過幾次爸媽大吵的場面，可是，如同她在噩夢全黑來襲前，眼前一切輪廓清晰，媽媽那充滿力量的核心也能恢復，臉龐重返光彩，興沖沖提議要一起去逛街吃美食。

會是因為媽媽的噩夢無處捕捉嗎？還是，讓媽媽苦惱的更像柔軟棉絮，伸手抓不到撈不著？

那只捕夢網逐日染塵，Dora 相信這是它發揮效力的關係——它把不該在夢裡出現的都收拾了。近乎天真的自我安慰，升上大學的她無法避免成為這座白色房屋的看管者，開始負責照料房子的一切。對一人而言，單方面棄守的屋子並非饋贈，而是擱置遺忘，一如被遺忘的幾塊拼圖，凡消失的遺落物，注定再也不能使畫面完整。

她不忍放掉難以解釋的期待——唯恐某日爸媽其中一人哪天又會回到這棟房子，所以不好邀請他人共住。就這樣，Dora 維持每天搭公車到大學上課的日常。結束一天課程後，走向對向馬路準備搭回住處，眼前成群聊天的同學們邁開腳步，準備回到小而擁擠的宿舍。灰撲撲洗石子牆面宿舍竟足以容納那麼多人？站在遠處看他們交頭接耳，她耳畔自動響起嘰嘰咕咕，鴿子們半搧著翅膀，來回踱步。

她居然羨慕那一群離鄉背井，能優先選擇住宿在校的同學。

斜倚在公車座位上收攬漸重墨色，朝港邊駛去的風颳得防風林葉面飄轉，復返白色堡壘前需要經過一片永不放晴的天空。

她與大家不同，她是候鳥，回一趟獨居的家等同南度一趟。輪到北返時機，赫然發現一無傍隨。

5

國中時，她無意間聽見媽媽在電話裡跟雙胞胎阿姨的對話，才曉得自己名字來歷。高裕如，本屬於哥哥的名字，早就由阿公親自命名，從容自如，生活富裕，衣食無憂。端正寫在信裡的字跡，只需通過臍帶落實意義，便可孵育成豐饒無憂的嬰孩。

聽到這，她不禁小心翼翼地縮起身子，符合一位聽眾的模樣。她揣摩媽媽跟阿姨的對話，試著在相似的音質語調裡拼湊那些小心翼翼的努力——謹慎產檢，食衣住行皆為了預備強烈陣痛到來。一旦羊水破了，立即送抵醫院，推進產房。

替公司簽署完合作條約的經理，他的爸爸，也趕著前往搭機。

全家都期待生命正暢通無阻地從另個世界奔來，而這樣的期待使所有人容易遭未知推倒。

越南的雨季毫不留情。

爸爸跟狂劈雨勢對賭，他一再催促計程車司機。

痛了兩天的媽媽就在產檯上，她叫住護士，說出一模一樣的話。

快點、快點，拜託，幫幫我。

破入雨勢的計程車逸出胡志明市的日常軌道，側向車輛撞上了它。預計駛向航廈的爸爸沒趕上飛機，他失去知覺被抬進救護車內。

媽媽奮力誕下的哥哥因臍帶繞頸夭折而死。

沒趕上。

媽媽口中的哥哥自始至終雙眼緊閉。媽媽撐起身來仔細端詳他的眼耳頭腳軀，濕淋淋宛若在大雨中躺了一夜，不失為一個嬰兒完好的模樣。媽媽覺得無所謂，醫師卻指向繞頸三圈的臍帶。

他的表情看起來只是不小心勾到絆倒而已。對不對？

媽媽啜泣，每一句飽含心痛，只是聲音持續被盤旋停滯的雨勢壓制。

媽媽手繞電話線，不停轉動，放下，再轉動，把弄著蜷曲的彈性，狠狠再再地繞。她和阿姨曾共享一條臍帶，從胚胎開始就如此，而電話線就是降生人間後的聯繫臍帶。

牽扯祕密的分貝沉落到電話線裡，沉到那只扔棄的臍帶中，沉到一條雨日失速的道路上。因而她益發聽不見接下來媽媽跟阿姨細聲交換的祕密。

得知哥哥之死使媽媽旋即昏厥。坐月子休養後，她選擇繼續生活上班。一切如常。

幾年後，在產檯上睜開眼的是她，她的眼睛比爸媽都還大。那時媽媽看著她，看到了什麼？

家族相簿中，她嬰兒時期的照片特別多，鼓著圓滾滾般彈珠，趴著微笑，仰躺著揮動四肢。一張擁在爸媽懷抱中的全家福照片，她定定看著相機，親戚看到都讚美好有精神。

她擁有炯目，映照來到面前的萬有。

只是，她懊惱自己將記憶丟失得無影無蹤，否則怎麼忘了等待長大的時間裡見到的一切？比如此刻，她才意識到媽媽看著她的眼神，或許是看著哥哥的。

她開始不經意逃避那對眼，她害怕看得太清晰，看見一個不屬於她的身影。

6

推開國中時知道的事，Dora 回到現實裡抱緊黑糖，愛說話的黑糖，發出連串聲響。呢喃鼻音穩住她凝看那汪藍色湖底，再久都是平穩湖水。無數細小的漣漪，撫觸她躁亂的思緒。仔細聽著黑糖心音，深泓的底部也能傳遞碧藍湖面與雲影。

黑糖的藍眼睛總在這般時刻接納她竄動紊亂的瞳仁，兩個彷彿疊合為一，復為寧靜。

接連數月乾旱，終於迎來的滂沱大雨讓 Dora 找到藉口躺著。整整兩天，除了餓到受不了，她都在床上。這種不尋常黑糖敏感意識到了，於是有事沒事會趴在她肩窩。

黑糖是讀大學時，某次嚴重洪災，她去後陽臺處理積水時發現的。牠縮在白色牆角，模樣就是約莫老鼠大小的黑溜溜髒抹布。近看，毛髮濕透，眼睛睜不太開。她拿了毛毯一把抱起時，差點以為死了，幸好短小尾巴還微微擺動。

冒雨衝去獸醫診所，又沿路買齊貓咪用品。路程中，牠從頭到尾都沒抗議一聲，清潔過的身體，軟軟的在乾淨毛毯裡。到家後，她旋開暗室的燈，餵牠喝奶。胃口大開吸吮的模樣讓她忍不住笑開，她小心翼翼抱起，輕輕放在牠的窩裡。

她在小黑貓身邊躺下，牠勾抱住她的手腕，伸出舌頭舔了舔，捋出她的心口甜蜜感。

「叫你黑糖好了。」Dora 不自覺笑開。

小黑糖最初站不好，四肢只能無力地在地板滑動，模樣像極在陸地游水。神奇的是，幾個月後，牠竟就能穿梭奔跑。那時，牠最愛玩的是躲藏，讓她非得用著急語調喊牠名字，四處翻找一陣子後，牠才翹著尾巴在她餘光範圍現身。至於對什麼都好奇想聞一聞，以致弄翻不少花盆和紙箱的行為，老逗得她呵呵笑。黑糖總睜大藍眼睛豎著尾巴四處探險，吃飽後，蜷縮一團，露出尾巴，像極小小逗點。再後來，牠迷上狩獵，凡是壁虎、蜘蛛、蟑螂，什麼都感興趣，直到她掃出一堆殘骸裡才曉得。至於偶爾夜鷺高聲呼叫，黑糖想鑽出窗簾找出聲音的主人，興奮得雙掌搭上透明落地窗。

牠比她還常望著落地窗倒影。

牠在這幢改造得採光明亮的屋內玩累了，一定會斜臥在地板上。那黑色光亮的毛皮浸浴在北臺灣偶爾現身的日光中，蓬潤光澤溢出家的氣味。凝止的時光，壁漆逐漸脫落的空間，慢慢地又移入些光影。

這幢被父母遺忘的白屋子，因為當時遇見了黑糖，才不至沉沒。

說不上的巧合讓她認定黑糖能感應到她的夢境，尤其能在逃離噩夢後，第一時間上前舔舔安慰的是黑糖。牠以小小舌頭努力舔拭時，嘴中會傳出一陣氣味。那不是什麼好聞的味道，可是卻讓安心睡著的次數越來越穩定。

妳是我的寶貝，Dora 湊近黑糖的鼻子說，趁牠不備，親上一口。

7

爸媽各自離開後，她感到他們各自拿走了一些原先屬於仨的語言。

她不捕捉，也不留下。

Dora 告別那棟家屋，扔棄一批小時候跟她同時間入住的家具。歪斜堆放在回收車裡的矮櫃、長桌、圓椅，落漆破損，塵黴染跡的東西她留了那麼久，噴再多酒精或除黴用品，抹布拭過，壞毀占據的斑痕未曾消失，只會屢屢使她想起它們曾經在這棟房子被坐被躺被弄髒弄舊，從未言語。

她離開就得棄置已經慢慢壞毀之物。

這是她真正的畢業典禮。

她把頭髮重新染黑，到師院補修教育學分，搬到南部城市當老師。

抵達異鄉開始應徵，碰上出生率和死亡率出現交叉的時機，正式教師缺額一再觸底，錄取率低於百分之一，且慢慢趨近零。

幸而這些困擾他人的消息，一點都不困擾她。

在陌生的小套房展開生活，睡前，她會仰頭盯著捕夢網中央那道據說能讓好夢穿梭的洞口，這是除了貓唯一從白色之屋帶走的。這些陪伴她面對每一場考試。

過程中，Dora 並不曉得艱難的工作應試會突然把門打開，被她編出來的考試理由打動，任憑她站在臺上指揮粉筆，將黑板切割成一塊等待嵌合的缺角。

錄取她的老師們說的是，精確縝密的熱情。他們相信她會在這所學校裡，打撈牆外那些拉耷著制服翹課的背影。

接了代課聘書的 Dora 微笑聽著，一邊將自己的名字掛牌仔細妥當放進辦公室的隔間板。這動作令她想起媽媽作為家庭主婦前，本是一名幼兒園老師。

8

六月快近尾聲，街上人流少了一半，路面車輛零星稀疏的景觀依然。這一切就從染疫確診人數衝破安全水線那刻起，直至三五天過去，死亡的數字增生蔓延，鮮有店鋪再拉開鐵門做生意。

以往，熱天午後下的此時，定會陸續冒出一群群穿著制服的學生，身軀似自大型洞穴甦醒，搖搖晃晃聚集在紅綠燈前，且總微微壓制斑馬線，想在綠燈轉換之際，第一時間衝過。而今街道已如蒸發所有。她懷疑，洋溢青春生嫩氣息的畫面或許只源自她不可靠的記憶。

學校宣布停課那日，學生臉龐在燠熱天候下蒸騰出喜悅的暗號，一下子獲准終於能破壞些什麼的狀態，與這波新冠病毒特性一致，傳播快，逗留虛空的能耐頑強得很，所以永遠能找到下一位宿主。不過，起初不少人認定絕不可能被病毒找上，或即使染病確診也不會輕易消隕。

教室完全清空前，Dora 特別叫住小高。

「這給你。」她遞上一袋即食食品，「剛好多買的，送你。」

「哦耶，謝謝老師，那晚上打工完，就省一筆晚餐錢。」

略黑挺拔，深色粗眉下的雙眼格外澄澈。稍嫌莽撞的個性在班上容易起衝突，不過他坦率認錯，誠懇道歉的作風，人緣不差。

整座校園裡停放的車輛，很快魚貫離去。

然非歡騰。

在飄著塵霾的夕日，佇立在校園圍牆外的鳳凰木微微壓低枝椏，一陣掃過地面的風通過衣衫，使她哆嗦起來。

「老師，您還沒走啊。」唯一還在的是警衛，他看來也急著離開。她發動車子，趕緊朝大門而去，行將離開那剎，對方從她未緊閉的車窗說了句，「小心啊，再見。」

高裕如未曾想過，最該小心的是線上工作。

停課之後，每日清晨，全校教職員工群組內，各處室宣達事項與意見乘著浮木，跳躍移動成紅色數字。同時，班級群組也持續閃爍，催促著她必須入內消化。過去能見面處理的事，而今全數輾成比想像中更繁雜的細碎物，ＯＫ、謝謝、麻煩了，填塞其中，沒有終期。

訊息必得分割、碎裂，以便滿足所有人在同一時間網路多工的需求。課程也化為碎末，老師們在上游持續推送，知識片段匯集成為橫衝直撞的巨型漂流物，不知不覺成為時時互擊，鎮日響徹的麻煩。

青春的少年少女堅持素顏不能開鏡頭。為了敲開每道閉鎖的網路終端，必須將耙子或鋤頭施力更甚，她退一步，強制要求開麥克風，點名。

這樣的結果是，記憶中專屬各個學生的聲音，在麥克風和音響傳送間解消了立體感，到頭來，每個人都跟另一個其他人相似。原先如拼圖般互相補足嵌合的細節，逐漸一致化，分辨不了這個與另一個的不同，便無以組出一幅完整圖樣。單純只透過網路，知識就會把她與他們分別投影在不同區域，全班四十多位學生的模樣，緩緩裂解。

線上課程來到第三週，收到有人連續幾堂課沒進線上教室的事，她問接打探，原來是小高家裡沒錢繳網路費。小高在餐廳的打工被迫終止，他媽媽工作的飯店也因疫情而下令放起無薪假。得知消息後，Dora 戴上口罩，開車前往小高的家。

甫達這社區便覺眼熟，自己阿公阿嬤生前就住這蜂巢般搭建聳立的公寓群裡，各戶陽臺掛滿衣物，有些堆放雜物，而一致無異的門窗格局設計，使得這幾棟建築遠觀起來具有震懾感。小時候她不只一次好奇亂猜，哪戶人家做小吃店，哪戶是警察伯伯。

「小高，麻煩你下樓一趟。」

等了一陣，從其中一個孔隙來到她面前的小高，接住信封袋。

「小錢而已，老師先借你，之後再還。」

多日未見小高，黑眼圈籠罩的神色青硬不安，當時她還不解，「不用尷尬，我是你的導師，我會再跟學校說明，看看有沒有其他補助。」

「喔，好，謝謝。」接過錢的小高看來並不特別高興，離開後的背影似乎無法因為這袋錢獲得潤澤。

任務結束的她環顧一圈，圍起黃色警戒線的社區，無人下棋、聊天、泡茶，倒有幾隻大笨鳥緩步行走在枯涸露土處。她帶著有些頑皮的速度快步走向黑冠麻鷺，笑瞧牠們假裝如靜止塑像，隨即不得不展翅飛起，直到降落在空無一人的桌面，定定回望著她。

9

「妳還好吧？」Dora忽然聽清楚隔壁的問話。她仰靠椅背深吸口氣，平靜幾許才牽動嘴角，向陌生的中年婦女以點頭示意。

半小時前，有人從鏡頭前起身，朝畫面外的某人大喊。短短幾分鐘，所有線上學生應該都陸續意識到，猛力砸碎物品的動作是誰。不安蔓延，忽然間，畫面清楚顯示小高咆哮抓緊一名男子衣領，按捺著沒揮拳。Dora 沉思，為某個（實際上不希望發生）的念頭拿起手機，撥了 119。

小高揮出一記拳頭，砰——沒停下來，小高繼續向對方出拳。沒多久，對方應聲倒地，衝進畫面的小高媽媽忙喊別打了，又推了推倒地的，出去！出去！中年男子搖晃起身，嘴中念念有詞，反身推了小高，力道越來越大。小高媽媽哭叫阻止，小高節節後退，雙手忙著找工具，沒留意對方正準備以萬鈞之力攻擊他。一個恍神半晌，已經很接近窗臺的小高被狠狠一撞，上身向窗臺反折，以跳水選手之姿，後仰。所有線上課程的目擊者都沒來得及喊，瞬間——星子掉落天際，鳥兒收斂翅膀。地心引力發出震顫，彷彿地面的內底突然現出黑洞，靜止無限蔓延。黑洞上方是普通路面，而就這麼剛好，小高準確投身，畫面彼端傳來尖銳高頻的淒哭。

經過方才，照理她會失去理智，但沒有。Dora 感覺異乎常理的冷靜控制著她，直到響個不停的來電樂音提醒她踩油門。

連開個車都產生了陌生感。一個月來，車與人都以內縮的狀態存活著，車身彷彿罩上一層隱形防水套，人的皮膚跟肌骨也像長了額外的薄膜，連意識反應都寄放在他方。

前往醫院途中，她不停切換猶豫開關，無法決定下一步。

驟然，飛馳的對向來車鳴了一長響喇叭，喚聚了她的意識。一瞥窗外，開著灰色休旅車的白髮男子。霎時交會之際，她自持續向前的後照鏡裡看到那臺車的引擎蓋冒出濃煙。

即使聽見碰撞巨響，她也沒回頭。那是酒駕？毒駕？還是確診者？

懸掛車內的平安符和佛像與嵌有相片的吊飾一起搖晃著。

在車內鏡中的她，血絲包裹眼球，眼神混濁，空洞得宛如離岸很久的魚。

去年此時，全體高二學生的畢業旅行移動到南方之南，墾丁海域的藍就像火爐，照得不少人激動躍入海域。當時，玩得最嗨的幾個，渾身烈焰似，臉上浮現的歡騰也是有意志的。小高最瘋，他上岸把人一個個抓進海中。

「喂，Dora 還沒下水，快去快去。」

青春少年少女扛起在旁拍照的她，他們笑著推掉她的藉口，接過手機，融化她薄弱說詞。

一、二、三——

身後一涼，她在喧鬧笑聲泡泡中沉浸入海。滾燙的頭髮臉膚連同鼻腔，瞬間被沁涼突襲，海水獨有的鹹嗆味讓她睜不開眼，連帶咳了好幾下。

隨即，她被拉起身。不一會兒，小高和幾個同學嘻嘻哈哈地跟她打招呼，手機對著她錄影。

「Dora，今天畢旅，玩得開心嗎？」

她拖延，清了好幾次喉嚨，一句都還沒說。

「都你啦，老師不舒服了。」此聲一出，大夥紛紛轉頭看向小高。不出幾秒，又開始轟然潑起水來。豔陽焦曬的威力下，整片海水瘋狂搖晃，那被同學揶揄是原住民的小高笑得嘴巴大張，褪去平常穿戴在身上的人形軟殼。

剛接手這個班時，Dora只知全班最高大的孩子由媽媽在飯店當清潔員養活他和妹妹。雖一向有學校教育基金援助，不過他明顯拒絕跟大人交流。擔任導師幾個月後，Dora慢慢能從他身上感應到藏匿的組件零散，顯影刻意模糊。

這幅圖像最底層的顏色是什麼，至少畢業旅行前，她未曾見過。

避開其他人，她揮了揮手，往海中游去。海面無限，每次踢水，她都能把周遭身影推向更遠的後方，朝虛浮的界線而去。

嗶嗶——嗶嗶嗶——

哨音傳來警示，劃開海潮深沉的低響。逆著光，還覺得漂浮在踩不到底的幽深海域上，她的意念從錄影畫面跳出，霎那，急診室三個紅字烙印在她的視框內，救護車鳴笛取代了哨音。

那個不斷進出防護衣與透明面罩醫護的終點，現在才是大海。

大海盡頭是岸。

她換氣起身之際，意識到自己身在急診室，緊急通道上持續不斷有救護車送來病患。

OHCA！OHCA！

車門一開，救護人員揮手喊道，穿著蒙面透明防護罩與防護衣的幾位護士滿頭汗濕，快步走出，將病患推進病房。

所有人宛如被埋進無法用肺部呼吸的海水，勉強靠著一縷細管向天空求索一些氧氣。

口罩下呼吸窒悶以致需要大口呼吸，她想或許是方才陌生人問候她的原因。

此時有人叫住她：「是裕如老師嗎？高書毅同學現在被送進手術室了。」轉頭一看，學校的主任、教官和家長都來了。

小高媽媽的模樣與所有她在職場上遇見的家長一致心事重重：「怎麼會這樣？怎麼會這樣？」越是問，越是凝成周遭龐大的沉默，所有人都不忍回應那狼狽喑啞。Dora 想勸小高媽媽先坐著休息，還沒說出口，就見到這位母親猛然撲倒在地，用盡全力搥地。哭到無暇擦淚水鼻涕的狀態下，護士和醫院志工圍過來，試著要讓這位母親坐回椅子休息。

經過一番聲嘶，小高媽媽的體力已然殆盡。臉上口罩重新戴上，而其他人也恢復了間隔的座位型態。

深吸幾口氣，努力沉著下來後，Dora 才有氣力留意到其他同事臉上的神態被強光牢牢控制，機械式地打字，大概是忙著用手機處理後續事宜。唯獨她還不想點開 Line 班群回答同學，遂轉而凝視映在透明玻璃前的身影。

自小的習慣。在此時用以逃避，就算有特別的理由，她知道自己看來何其模糊又蒼白。

10

四面白壁與延伸到屋外的純白欄杆翳上一層潮潤，空氣中飄盪著無法散去的孢子，落地窗前，能見到天際烏雲大規模按壓下來。黃韻慈的思緒逗留在前兩天的新聞畫面中，正考慮打電話時，鈴聲便響了。接起這通電話後，她迅速準備搭車前行。

車站內的乘客寥落零星，可是坐下之前還是細心噴了酒精。現在這是她下意識用來複製安心的方法。

列車行駛一段時間後，她輕輕闔上眼。旁人看來，戴著口罩，一頭烏黑長髮，仍維持青春感的長髮輕熟女黃韻慈可能不過四十來歲，絲毫不知有一條隱形絲線時不時扯動她全身的線條。外在看來樣樣如昔，唯獨自己找不到那根漏失氣力的管線，每日只能扶著搖搖欲墜的內裡生活。她藉著打扮汲取維生用的堅強足以在遷離老家後，得以親力打造一個全新的——直到她多年後親眼確認它成為廢址。她結婚，為女兒搭建通往所有可能的橋樑，游泳，畫畫，烏克麗麗，沒想到女兒愛上的是英文。為此她曾和女兒互相約定，未來要一起出國旅行。

車窗外更替的景致，快到難以捕捉，定睛細看只餘現實流動後的抽象感。或許希望早已抽離現實框架，成為未來也捕捉不到的願望。一切肇因她收拾了太多他人遺失的碎片，又無法找出全貌。

「咖啡，茶，零食餅乾，有需要嗎？」

推車經過，她深吸口氣，為了不讓服務員聽到鼻音。

「一杯咖啡，謝謝。」

咖啡送進嘴中，燙口程度跟三人一起吃舒芙蕾的那晚一樣，而當時黃韻慈篤定是最後一次了。

事隔多年，看著女兒的臉，覺得實然不同了，蘋果臉搭配高挑身形與短俏直髮。而面對多年未見的黃韻慈突然來訪，Dora 不太訝異。黑糖從軟墊小窩跑出來，也絲毫不怕，主動去蹭了蹭。

Dora 抱起已經是成貓的黑糖，準備餵牠最喜歡的肉泥。

黃韻慈愛憐地看著，心中的話還沒說，兩人便同時發現黑糖衝進塑膠袋裡，嗅著各種食物。知道自己被發現了，還睜著無辜圓眼，發出弱音，咕。

兩人笑了。黃韻慈走進簡易的廚房，替微波爐插電：「吃咖哩雞腿和味噌湯好嗎？」這問句自從三級警戒以來，首度讓Dora沒好好進食的胃低鳴起來。

母女對坐吃飯時，Dora想起畢業後，某回爸爸來訪留下一袋相簿，幾冊依照年份日期排得清清楚楚。看著童年時穿公主裝的自己，堪稱挺拔的爸爸與絕美的媽媽，完美得讓人發怔。其中一張慶生照，阿公、阿嬤、爸媽都笑得開懷，只有她哭醜了臉。

坐在家裡咬著香氣十足的雞腿，Dora覺得美味又陌生。媽媽還是很會做菜，因此她還在想，是不是吃完飯就畫下完美句點，還是，也可以拿出相簿跟媽媽一起看。

再簡單不過的事，現在她都得重新來過。

11

高中生涯最後一天，所有人都心甘情願開啟鏡頭和麥克風，Dora看著每個學生穿上整齊制服，還特意別上一朵紅色胸花。

「畢業快樂！」久違的臉孔齊擠小小螢幕，人人呈現小格子裡能盛放最大程度的燦爛。

Dora 按下播放鍵，兩年時光凝縮在短短尺幅影片中。

過去站在講臺上，只有老師能正面迎向每個學生的臉。現下每個人都能隔著螢幕與鏡頭確認彼此的表情，她忽然想起，這應該是這些學生們第一次也是最後一次的虛擬面對面。影片的播放內容僅是普通校園生活，園遊會、運動會、慶生會，社團演出，或學生在校園各角落的留影。唯一不普通的是現在，透過手機播放的新聞報導，確診與死亡個案依然沒有下降趨勢。

「吼，那所以……我們畢業後也不知道什麼時候能見面喔？」米米嬌聲說。

「驚啥，明天就先來吃播，天天直播見面，要不要？」提議的是被班上起鬨跟米米湊成班隊的杰哥。

「重點是，等小高出院，到時約一攤大的。」此話一出，好幾個人紛紛附和。他們的眼神在鏡頭前如此澄亮，露出單純的冀盼。

「老師，到時候記得來喔。」

「這該算謝師宴還是同學會？」

「白癡喔，隨便啦，我們要聚幾次就找幾個理由。」

她聽著，伸出指腹，想觸及道別。一個短刹痞寐，水流從海的邊界倒返近身，周身湧現彩豔無匹的海中生物，牠們比過往任何時候都耀眼，不再遙不可及，因為她自覺能以同一種重力與牠們同在。漂蕩無涯所帶來的預感是，只要仍能呼吸，就足以抵抗下墜。留在海面久了，自己於是輕如泡沫，不避苦鹹。

不上岸，永遠移動座標，直到體內所有細胞的容載空間吸飽每滴匯聚入海的情緒，她才覺得那些站在遠處看著車輛宛如入海的童年時光，皆無錯謬。在幼年的想像裡，車流進海裡，駛進家屋。她坐在屋裡拼圖，等著爸媽相逢。相逢時光之短，很快遭遇沖蝕，順著洋流失蹤。她凝視，立在陽臺的姿態彷彿鵠候於大海中央的白色船艙，這艘不航行的船，久久無人無動靜，然而甲板上出現瑟瑟等待的貓，一只跟她心臟差不多大小的黑貓。

等著被抱起。

一個念頭鬆脫開來，她想放下隻手牢抓的身分，暫時不當老師了。這期租賃合約結束，她打算帶著黑糖回到最初相遇的地方生活。

這念頭比起滯留等待來得好。

電腦螢幕上的時間數字一秒一秒接近中午時分，幾個善感的女孩突然嚶嚶啜泣起來，間或有人說起自己的畢業感言。

「我們一起回家整理房子吧！」看了訊息的 Dora，感覺鼻眼湧上難以消化的情緒，卻又像是釋放了長久以來獨自咀嚼的噩夢，掙脫哽塞的頻率使她快要抽咽。

全班霎時安靜下來。

夾雜破碎的哭音，越是專注螢幕裡的畫面，越是有哭泣的衝動。

「會再見的。」

Dora 向少年少女們送出這個安慰，同時也似祝福了自己。

圍牆旁的鳳凰木持續豔深火燙，這抹紅將大規模地墜落鋪地，直到整條學生慣常行走的柏油路占滿輕盈易碎花瓣。她為了提早清空辦公室，畢業後特地回去一趟，因此那臺二手車不得不輾過滿地紅，四裂零星，解消短暫的拼合。

開車緩速前進的同時，樹梢仍有這一季未完的紅色印記，自顧自拂落至車頂。

特別收錄

陳夏民×陳育萱：安靜的背後，是微型且複雜的校園試煉

物與動物

夏：在這本小說裡有許多關於動物的橋段，比如〈唯獨剩下安靜〉的蛇、〈運途〉的倉鼠與貓、〈一閃一閃亮晶晶〉的熊布偶，這些動物在不同的故事中，具有不同的意義嗎？我感覺這些小動物彷彿迪士尼主角旁的小東西，那些小小的存在，是否也成為主角的精神支柱？

萱：我沒有特別安排牠們成為精神支柱，不過在書寫的過程中，確實有意識地讓牠們跟主角的狀態有所連結。我們常聽到人說寵物像主人，因此我希望讓這些物／動物可以成為一種精神的媒介，或潛伏在小說中的線索，也就是意識與潛意識過度的中介角色。希望能藉由它們，來讓讀者理解小說中的人物，它是一個指引、一個情感召喚，就像〈唯獨剩下安靜〉的蛇，就是部落對於主角的召喚。

夏：小小的存在往往是能抒發心情、充作依靠的東西，因此我讀到這個部分時蠻喜歡的。我相信不是每個創作者都很有意識地在書寫主角周邊的物／動物，但這是個善意的展現，在無意間流露出創作者的溫暖，讓故事中的角色在現實世界中能有個依靠。

萱：是的，就像你說的那樣，那可以成為他們的心靈寄託，讓他們不至於全然的孤獨。但有時我也會透過動物來表達一種「轉大人」的過程，就像〈運途〉的倉鼠粉圓，牠是主角周安凌的寄託，所以當粉圓失蹤時，周安凌非得要找到牠不可；同時牠的死亡也代表著一種成長，我們總是透過直接或間接的傷害，從傷害中學會長大。粉圓的死亡也有這樣的意味。

夏：我也非常喜歡你這方面的設計。許多創作者在思考小說的鋪陳時，往往很強調試煉，顯現故事或社會殘酷的一面，但當「試煉」變得太目的性，也會讓人性顯得過於直觀，也就是把事情想得太簡單了。人的生命原本就擁有很多需求，因此看到這些小動物隱含的意思，蠻開心的。

萱：這塊的確有戀物的寄託感。不只是動物，就像有些人的玩偶、小棉被、衣服等等，我理解人需要那樣一個小小的物品與它帶來的依存。另外特別書寫這一塊，也是想呈現人性的多面性。現實生活裡，每個人在成長過程中所扮演的角色，往往不只有單一面向。換句話說，很多人會認為學校帶給人負面印象、這些教育現場是不好的，但其實不好也有細分不同的層次。透過物的書寫，希望能細膩地表達這些。

職業、身分、認同

夏：除了小說家之外，你的職業是高中老師，如今又書寫與你自己那麼貼近的題材，小說家的陳育萱、國文老師的陳育萱、班級導師的陳育萱，這三個角色有何不同？你如何去駕馭它們？

萱：老師是非常需要扮演的角色，在職業生涯的過程，我越來越感受到老師也是一種演員。因為教師這個角色充滿了內藏性，它身上背負許多道德框架，有許多不同的角色需要切換，一旦違背，就會變得不適任。但這些道德框架並非負面的，它也具有保護性，是保障師生關係安全的存在。在這些道德框架的前提下，教育、或者說啟發，才有可能發生。我希望大家藉以思考教育現場的多面向，因而在小說裡，不僅是主角，小說中其他次要角色，甚至是小角色，都隱含他們人生不同面向與困境。以現實生活而言，就像學生對老師有許多投射與要求（這個老師教得好或壞），可是很難從學生的視角看到老師身而為人的全貌；相對的，老師也是如此（這個學生怎麼老是不寫功課、考不好），也缺乏看到學生全貌的視野，所以我才會嘗試用創作者的眼光來思考與傳達。成長中的人往往是很複雜的，而現在很多教育情境的設計還停留在舊時代的概念（比如教導學生未來職業的選擇是很單一的），這些活動的設計早已不能反映需求。這也是我想傳達的部分。

夏：你的小說中，有擅長與家長互動的老師，也有執著固守自己範圍的老師。你是怎麼在小說裡設計這些角色？

萱：事後回想，我很難去想像我的父母怎麼跟老師溝通。比如他們與我同在現場時，與老師講話是一種態度，我不在現場時也許是另一種。又或者像老師與學生的對話，你與單一學生說話，會與向著一群學生對話不同。有哪些人、人數多寡等，都會影響人如何去展現自己。學校是一個小型社會，因此若用刻板印象觀之，會產生很多誤會與危險。比如對霸凌這件事的理解，有時是上對下，但也有下對上的；又或者，有老師與學生間的霸凌、也有學校對老師、家長對學校等，這些權力不對等往往非常細微，層次既多且微小。小說即企圖點出這些。

夏：我有注意到你的小說刻意不去處理衝突段落的結局，往往就這樣結束了，你不打算刻意去解釋。

萱：我會在小說裡設計一些陷阱，讓讀者一步一步選擇要否踩下去。讀下去的同時就是踩下去了（笑）。小說的中途或結尾我往往會安排一個反轉，讓大家對於教育現場的印象不那麼刻板。因為即便是自認很熟悉教育現場的人，他們跟真正的現場也有所距離。常常會遇到有人問我當老師是否很辛苦、現在的學生不好教等諸如此類的問題，要真的回答起來很複雜，而且用老師的角色很難去回應外界，也很難在一時半刻說清楚其中的複雜性，那麼不如用小說來表達吧。

夏：所以你是用小說家的身分臥底在教育現場，讓大家看到學校就是融合許多小社會的集合體？

萱：可以這麼說（笑）。我想讓大家在對於現在的社會感到匪夷所思時，回頭去看，學校作為一個小型社會也就是這樣的環境。我的小說裡也想表達各式各樣的關係，比如單談「接住」，不只是老師能接住學生，學生也能接住學生，又或者，有些時候是學生接住老師。這樣層次豐富的面貌，是一個教育場所的多元性。

我們都不自由

夏：這本小說有個特質，每個角色都不是自由的。你有覺得有哪個角色算是自由的嗎？又或者，角色的不自由來自何處？

萱：我認為人活在世界上就是不自由的。尤其在臺灣的教育環境裡，大家喜歡有一個框框，讓人進入框架中，比較方便。可是規則往往會因為不同個體而自動產生變形，所以那個環境也會越來越怪。大家總是有個誤解，你傳授A，就會產出B，過於直觀地在看待這件事。可是人非機器，不能一概而論，每個人都是邊走邊實驗的。產生這麼多變形後，身在其中的人就能感覺到「規則」很怪。在上位的人，又或試圖改革的人，可能會覺得就試試看、玩玩看，但這樣去人欲的想法，往往忽略人是有期望的，當期望大於規則，會產生雪崩式的災難。

夏：除了教育現場，書裡也描寫許多原生家庭的不自由。有些事情沒辦法輸入A指令就能得到B結果。我會覺得原生家庭的不自由就像傳承物，比如〈停在一無所有的浮標〉，三個主角都受到原生家庭的限制，讓人讀來有點哀傷。但回過頭去看，不只是這篇，其他篇裡的角色，無論學生或老師，都有承受某些原生家庭的限制。你怎麼安排這些橋段，或怎麼思考？

萱：以身在教育現場的人來看，「教育」不只存在單一場所，家庭對一個人的影響更大。可是臺灣很擅長切割一個人的社會角色，只從單一面向來思考，忽略人是混合的有機體。以故事裡的三位少年來說，不是那種單純壞朋友與壞朋友廝混的關係。無論是所謂的好孩子或是壞孩子，有些時候他們就是會聚在一起玩，從事一些大人眼中的小叛逆。而且往往在那樣的狀態中，才會產生情感上的陪伴。這三位主角，我讓其中一個人（林永安）的家庭狀態較另外兩位稍微好一些，可是他也並未因此走向康莊大道。又或者另一位（江俊昇）是父親在中國工作，家庭有些破碎，他自己不喜歡這個狀態，但最後他還是決定跟父親去中國。至於最主要的角色朱冠群比較接近大眾認識的高風險孩子樣態，但我認為這件事得思考的是，有些孩子為何選擇不去上學，理由可能並非表面呈現的那樣，而是有更深層的複雜狀態，或者是更單純的原因，因而「沒被接住」。這篇小說希望大家去體認這一環。

教育亦是一種宗教

夏：這也很像喬伊斯《都柏林人》裡的一個短篇〈對照物〉，裡面有位酒鬼上班族，職業是打字員，他常因為酒癮犯了而打不好字，在職場上又受到醜陋的老闆羞辱。在小說的情境裡，他就是歷經一連串失敗，沒有一件事是成功的。回到家裡，他利用家長的權力地位把氣發作在兒子身上，毆打小孩。但小孩也有他聰明的地方，他哭著說我唸萬福瑪麗亞來祝福你，也就是小孩意識到宗教是一個可以逃進去的所在。我在讀你的小說時，一直聯想到《都柏林人》，一個人所承受的壓力與暴力，可以透過家庭或其他可操縱的關係去傳承。《都柏林人》的小孩意識到宗教是可以躲避的，〈人偶遊戲〉這篇也是，裡面有躲進宗教的母親。

萱：宗教是難解的一環。這幾年我讀了許多荒謬的邪教報導，但一直找不到說服自己的理由：為何人會被宗教欺騙？許多被欺騙的人，在此之前都認為自己不會被蒙蔽，但最後卻身陷其中。我一直在找尋會產生這種結果的路徑／原因。最後發現，這些邪教的共通點是把人放到一個孤立的狀態，讓人對他們產生情感的依偎。它斷絕你其他方面的社交聯繫，久而久之你就離不開了。所以我才會在小說裡設計這樣的情境。〈人偶遊戲〉所表達出來的環境也是非常封閉的——缺乏旅客的民宿、缺乏人際交流的家庭，當在這樣的情境裡，家教就變成小說裡女孩唯一能依附的對象。當然這篇有談及很多細微的議題，比如打工陷阱，不過主要還是在談情感與關係如何被扭曲。〈人偶遊戲〉中女孩父母的關係是扭曲的（外遇、不對等），民宿環境也是扭曲的（奇異的裝潢，看似華麗，待久了卻讓人不舒服），女孩對於主角的關係亦是如此，乍看之下是輔導家教，實際上是情緒勒索。當女孩死後，主角感到彷彿要替她做些什麼的抱憾，有點情感連結，但實際上又不是那麼必要。

夏：你剛提到邪教，或者教育現場，讓人感覺兩者是同一回事。宗教如此、教室也如此。比如〈運途〉裡，老師就是一個宗教領袖般的角色。尤其當老師叫全班閉上眼睛，讓學生回答問題時，這場景對照了催眠與宗教。作為一個創作者，你如何看待教育的宗教性？

萱：我覺得教師這個角色很像在苦海裡浮浮沉沉，所以特別需要抓到一個浮木，會希望自己是滿分、受眾人鼓掌的。但我認為這很不健康，你無法永遠在教室裡維持那樣的姿態。從某種程度上來說，家長們會認為「規矩」很不錯，「規矩」讓孩子很聽話，但事實上那是洗腦的一環。有時你可能會在教育的現場察覺這一面，而你選擇忽略或繼續進行到底？新手老師帶出來的班級，你很難從孩子身上察覺這類痕跡；但若是已經熟練的教師，除非抱有高度自覺，否則多多少少能從孩子身上看出灌輸的作用。

權力的覺察

夏：身為老師，你曾意識過自己在教育現場的權力嗎？

萱：我受到蠻多書籍的提醒。當閱讀了各種類型的文本後，這樣的幫助會較容易將我從某些情境中拉出來，更抽離地思考。從事教職十多年，我換了三間學校，那是很刻意去嘗試的，我想要觀察不同的學校、也想要驗證自己的教學理念。其實說得殘忍些，老師本身也是魁儡，是學校的工具，你要抵抗這樣的東西，就會被人討厭。而你得漸漸長出力量忍受這些、忍受被厭惡，你才能夠容許學生去做別的事情，尤其是那些常規裡認爲不重要的事。我現在覺得只要不要危害生命，學生做什麼都可以。也因此現在跟學生的關係沒那麼緊張了，我觀察到學生因此也比較輕鬆。

夏：換環境就會讓自己變成一個新人。但因為是外人，也會格外能看清楚這個環境的「意志」。

萱：對啊，會看得很清楚每間學校的精神、狀態，而且有點一脈相承，這間學校是什麼樣子，身在其中的老師跟學生，多少也會是那樣。

夏：每間學校都是有機體，而且這個有機體，有自己的新陳代謝跟規則。久而久之，你就會自然熟稔這些規則，有一個專屬的應對方式。即便你本來是沙子，被這個系統包含進去了，遲早會磨成珍珠；而大家又會因為嚮往這顆珍珠而被吸引進來。在系統裡，我們可能學會規避痛苦、或者學會操縱權力，也有人是穿梭其中。每個人會找到自己的方式。

轉化與慰藉

夏：最後一個問題。寫完這本小說，身為老師的陳育萱有什麼改變？

萱：這兩年我經歷蠻多事情的，自己覺得需要轉化出來。加上我要求自己每本小說都要不同。寫完《南方從來不下雪》後，我想產出新的東西。《那些狂烈的安靜》透過書寫關於教育的一切，自己也獲得整理，就像把東西放進不同的櫃子。人生總是會有不期然的遭遇，進而影響作品的思考脈絡，儘管不見得吸收這樣就能轉化出那樣，不過這些經歷確實在體內產生過核爆，而且是很多元的，這點可以在我的作品裡觀察到許許多多微小的意念。同時，我也希望透過這本小說，能讓大家去體會共同經歷過、卻需要各自不同療癒方式的現場。

夏：有些慰藉不是來自於純粹的討好。在你的小說裡，情境往往並非那麼理所當然。這樣的鋪陳的確有一種「整理」的概念存在。身為教師，你寫下濃度這麼高的小說，會讓人擔心你如何處理自己；但你的回答是整理自己，這樣蠻好的。我想，讀者透過你的小說能夠發現，人擁有許多不同面貌，即便在角色扮演這麼強制的環境裡，都可以見到人不同的模樣。

萱：而且正因為有不同的面貌，才會產生同理與關懷。

夏：又或者因為人是如此複雜，所以我們才不至於低估眼前的人，才不會用單一的標準與作法，去面對與你呼應的對象。人際互動因此是友善溫暖的。

walk 26

那些狂烈的安靜

作者　陳育萱
責任編輯　陳怡慈、黃亦安
美術設計　朱疋

出版者　大塊文化出版股份有限公司
台北市 105022 南京東路四段 25 號 11 樓
電子信箱　www.locuspublishing.com
服務專線　0800-006-689
電話　（02）8712-3898
傳真　（02）8712-3897
郵撥帳號　1895-5675
戶名　大塊文化出版股份有限公司

法律顧問　董安丹律師、顧慕堯律師

總經銷　大和書報圖書股份有限公司
地址　新北市新莊區五工五路 2 號
電話　（02）8990-2588

初版一刷　2021 年 12 月
定價　新台幣 350 元
ISBN　978-986-0777-65-9

國家圖書館出版品預行編目（CIP）資料

那些狂烈的安靜／陳育萱著. -- 初版. --
臺北市：大塊文化出版股份有限公司，
2021.12
256面；14.8×21公分. --（walk；26）
ISBN 978-986-0777-65-9(平裝)
863.57　　110018657